TÖDLICHES EINMALEINS

Walter Laufenberg

TÖDLICHES EINMALEINS

Ein historischer Heidelberg-Krimi

Morio Verlag

1.

Oh verdammt, wir sind schon im Jahr 1718. Und ich schmarotze hier im Heidelberger Schloss herum, als ein kurfürstlicher Kammerherr und Ritter, mit Schärpe, Schlüssel, Großkreuz und dem offiziellen Titel Lustiger Rat. Die Zahl Siebzehnachtzehn klingt so, als wüssten wir nicht, ob siebzehn oder achtzehn. Ist mir bei einer drallen Zofe oder Comtesse auch egal, wenn sie nur richtig anschmiegsam ist. Dann kann sie mich als Kammerherrn erleben.

Perkeo, der Lustige Rat in seinem farbenfrohen Narrenkostüm, mit allen Insignien seiner Bedeutung herausgeputzt, trat an das Fenster seiner Kammer im Friedrichsbau, drei Stockwerke über dem Altan des Schlosses, von wo er den Überblick über die ganze Stadt Heidelberg hatte.

Jetzt geht das Jahr bereits auf sein Ende zu, mit Nebel und Kälte. Und mit diesem rauen Winterwind, der um das morsche, alte Gemäuer tobt und durch alle Ritzen pfeift.

„Ein scheußliches Wetter hat man hier.“ Damit drehte er dem Fenster den Rücken zu und setzte sich in seinen Denk-Sessel neben dem kleinen Tischchen.

„Trotzdem“, murmelte Perkeo, „à votre santé!“ Dabei hob er mit feierlicher Grazie das Weinglas in die Höhe und schaute in den großen Spiegel an der Wand gegenüber, als er antwortete: „A la votre!“

Wo bin ich nur hingeraten? In ein Schloss, das – mal ehrlich – doch bloß aus einer Handvoll halbwegs bewohnbar gemachten Ruinen besteht, ideal für Tauben und Ratten, aber eigentlich nichts für mich. Kein Vergleich mit der schönen Hofburg in Innsbruck, wo ich wie im Himmel gelebt habe. Das hier ist eher die Vorhölle. Was bleibt mir da anderes übrig, als noch schnell die nächste Bouteille Pfälzer Wein zu öffnen, ehe der Teufel mich holt, weil ich …

In dem Moment klopfte es an seiner Tür. „Ja, wer ist da? Nur herein mit ihm!“, rief er übermütig. „Und wenn's Herr Beelzebub persönlich ist.“

Ein Bote trat in das Gemach des Hofnarren Perkeo, machte eine tiefe Verbeugung vor dem Zwerg und meldete: „Verzeiht, hochverehrter Lustiger Rat, aber beim Pförtner im Brückenhaus sind drei Studiosi der Heidelberger Universität, die Euch um einen Rat angehen möchten."

„Und wer sind die Herren?"

Der Bote hatte eine Notiz in der Hand und las diensteifrig vor: „Der erste stellte sich vor als Carolus von Beutelar, Dossenheimensis, der zweite als Albertus Ferdinandus Coeller, Mosbacensis, und der dritte als Amelius Arendson, Heidelbergensis."

„Bedaure, klingt zwar gut, aber ich kenne die Herren nicht."

„Die drei jungen Herren machten den Eindruck, als ginge es um Leben und Tod. Es sei dringend und äußerst wichtig, sagten sie."

„Na, gut, dann sollen sie mich kennenlernen. Als Strafe für das Dringend sage ihnen: in einer Stunde. Und für das Wichtig: im kleinen Audienzraum des Ruprechtsbaus."

Immerhin, man kennt mich schon, stellte Perkeo mit Befriedigung fest. Erst im Herbst war er mit der ganzen großen Hofgesellschaft in Heidelberg eingetroffen. Dem Pfalzgrafen Carl Philipp war durch den Tod seines Bruders Johann Wilhelm im Sommer 1716 die Kurfürstenwürde zugefallen. Einer der sieben Kurfürsten zu sein, die das Recht haben, den Kaiser zu wählen, das war der Gipfel der Bedeutung. Der Kurfürst bei Rhein stand neben den beiden Kurfürsten und Erzbischöfen von Mainz und Trier, dem König von Böhmen und den drei Kurfürsten von Sachsen, Brandenburg und Hannover an der Spitze des Reiches. Größer konnte man nicht sein. Die besondere Bedeutung dieses Amtes machte es aber unvermeidlich, an den alten Familiensitz Heidelberg zurückzukommen.

Carl Philipp hatte lange gezögert, seinen Wohnsitz von Innsbruck nach Heidelberg zu verlegen. In dieses Schloss, das immer noch weitgehend eine Ruine war, nur notdürftig wieder bewohnbar gemacht. Einige Gebäude waren nicht wieder aufgebaut worden, die Türme blieben zerborsten. Und das Schloss thronte über einer Stadt, die ebenso nur notdürftig wiederaufgebaut worden war, auf den alten Fundamenten, also eng und ärmlich. Französische Heere hatten im sogenannten Pfälzischen Erbfolgekrieg die Stadt und das Schloss zweimal erobert und zerstört. In den schrecklichen Jahren 1689 und 1693. Die tüchtigen Eroberer hatten die Devise des französischen Sonnenkönigs Louis XIV, Heidelberg müsse ausgelöscht werden, beinahe perfekt umgesetzt.

Kein Wunder, dass es den Pfalzgrafen Carl Philipp, der in der prächtigen Innsbrucker Hofburg als kaiserlicher Statthalter residierte, nicht gereizt hatte, nach Heidelberg zu ziehen. Der Mittfünfziger hatte schon geglaubt, sein abenteuerliches Leben münde in einen geruhsamen Lebensabend ein, da sollte es plötzlich erst richtig losgehen. Ein neues, viel bedeutenderes Amt, neuer Wohnsitz, neue Aufgaben. Ganze zwei Jahre hatte er für den Umzug gebraucht. Aber jetzt war er da – und Perkeo war an seiner Seite und für beinahe alles zuständig. Fürs Spaßmachen, für Kritik, die sonst keiner anzubringen wagte, für gute Ratschläge und für immer neue Einfälle, wie man ein Unterhaltungsprogramm auf die Beine stellen könnte, natürlich immer auf seine kurzen Beine. Der gelernte Knopfmacher aus Salurn in Tirol, der nur einen Meter zehn maß, war der Größte am Hofe – neben dem Pfalzgrafen. Der nutzte die Pfiffigkeit und Ungehemmtheit seines gerade halb so alten Hofnarren, wenn er seinen Untertanen etwas beibringen wollte, was die nicht gerne schluckten. Und seine Untertanen hatten schnell herausgefunden, dass es geschickt ist, sich an den Hofnarren zu wenden, wenn man Sorgen oder Wünsche hat, von denen man nicht weiß, wie es dem Pfalzgrafen sagen. Ohnehin hielten sie den Hofnarren für den Klügeren von den beiden Herren. Dabei ging es meistens um Meinungsverschiedenheiten bei größeren Geldgeschäften, um Streitereien zwischen Nachbarn oder auch um Familienkrach. Der Hofnarr pflegte solche Probleme auf erstaunlich gewitzte Weise zu lösen, meist mit einem salomonischen Urteil, das beide Seiten zufriedenstellte.

Was die drei Studiosi jedoch von Perkeo wissen wollten, die jetzt im kleinen Audienzraum des Ruprechtsbaus vor ihn traten, war ungewöhnlich. Perkeo hatte sie in diesen besonders schlichten Teil der Schlossanlage kommen lassen, weil das der vornehmste Teil des ganzen Schlosses war. Ursprünglich ein Königspalast, vor etwas mehr als dreihundert Jahren erbaut von Kurfürst Ruprecht III., dem einzigen Pfalzgrafen, der zum König gemacht worden war. Doch für Perkeo war der eigentliche Grund für die Wahl dieses Treffpunkts, dass er unter der tiefen Decke neben der kurzen Säule größer wirkte, zumal er auf dem leicht erhöhten Absatz am Kopfende des Raumes stand. Im offiziellen Gewand des Lustigen Rats, mit fuchsroter Perücke, Schärpe und großem Schlüssel wirkte er recht imponierend. Er betrachtete die drei Besucher, die genau wie er selbst und wie auch der Pfalzgraf Carl Philipp schon die glattgeschabten Gesichter der neuesten Mode zeigten, eine ganze Weile, ehe er sie mit einer einladenden Handbewegung zum Sprechen aufforderte.

Er hatte sich ein Bild von ihnen gemacht, jetzt wollte er hören, ob sie diesem Bild entsprachen. Sie machten alle drei nicht den Eindruck von verbummelten Studenten, aber auch nicht von stutzerhaften Kavalieren oder Raufbolden. Offensichtlich gut erzogene, ernsthafte Studenten. Alle drei standen in strammer Haltung vor dem Zwerg und hielten ihre Barette in der Hand, wie es sich gehörte.

Der ganz links, als Amelius Arendson angekündigt, war ein großer, schlanker junger Mann mit blassem Studiergesicht und unsicherem Auftreten. Er trug in dezenter Kombination von Hellgrün und Weiß die übliche spanische Jacke, also nichts Modisches, doch war die Jacke wohl aus gutem Tuch. Dazu eine nicht ausgepluderte kurze Hose über engen grünen Strümpfen. Eine recht bescheidene Aufmachung für den Auftritt auf dem kurfürstlichen Schloss vor dem Lustigen Rat.

Der daneben hieß Albertus Ferdinandus Coeller. Er war ein langer, dünner junger Mann mit unruhig suchenden Fuchsaugen. Er trat etwas selbstsicherer auf, gekleidet in den von der neuesten Mode vorgeschriebenen langschößigen Rock, blau mit roter Paspelierung. Dazu trug er die neuerdings üblichen etwas längeren gelben Hosen in schweinsledernen Stiefeln.

Der Dritte, Carolus von Beutelar, war ein kleiner und etwas zu gut genährter junger Mann mit einem runden, roten Genießergesicht. Er trug zu dem langen Rock in Rot mit Gold, der Wohlstand verriet, einen Degen. Und die roten halblangen Hosen steckten in feinen hirschledernen Reiterstiefeln mit Sporen.

Er begann mit der Selbstvorstellung, als der Hofnarr das Zeichen gegeben hatte, dass die Besucher sprechen dürften: „Ich bin Carolus von Beutelar, Dossenheimensis. Kandidat der Jurisprudenz. Ich habe mit unendlichem Fleiß in den Gesetzbüchern gelesen, um mich auf die Prüfung vorzubereiten, die in der kommenden Woche stattfinden wird. Meine Frage, verehrter Lustiger Rat: Habe ich eine Chance, das Examen zu bestehen?"

Weil Perkeo dazu nichts sagte, aber in der Haltung des aufmerksamen Zuhörers blieb, sagte der Nächste: „Ich bin Albertus Ferdinandus Coeller, Mosbacensis, ebenfalls Kandidat der Jurisprudenz. Auch ich habe mich mit viel Eifer auf allen Rechtsgebieten umgetan, und ich habe alle höchstrichterlichen Urteile gelesen. Werde ich, verehrter Lustiger Rat, die Prüfung schaffen?"

„Ich bin Amelius Arendson, Heidelbergensis", stellte sich danach der Letzte vor. „Auch ich bin Kandidat der Jurisprudenz. Ich war nicht minder eifrig in meinem Studium, wobei mir auch die Pandekten noch viele Aufschlüsse brachten. Meine Frage, verehrter Lustiger Rat: Kann ich davon ausgehen, dass ich die Prüfung bestehe?"

Perkeo sagte kein Wort, sondern hielt den drei Besuchern nur am ausgestreckten Arm die rechte Faust entgegen, den Daumen hochgestellt. Dann winkte er sie mit der anderen Hand hinaus. Als sie nicht gehen wollten und stotternd ansetzten, weiter zu fragen, beschied Perkeo sie unwirsch: „Es ist alles gesagt. Raus!"

Der Pfalzgraf Carl Philipp hatte hinten in der halboffenen Tür gestanden, einfach gekleidet, um deutlich zu zeigen, dass er im Moment nicht offiziell auftrat. Stumm und amüsiert, zuletzt aber auch verwundert hatte der hochgewachsene Mann die Audienz belauscht. Nachdem die drei Kandidaten gegangen waren, trat er zu seinem Hofnarren und meinte kopfschüttelnd: „Mein lieber Lustiger Rat, so kann Er aber nicht mit meinen Landeskindern umgehen, wenn die mit ihren Sorgen zu Ihm kommen. Jeder von den Dreien kann damit rechnen, demnächst der Auserwählte zu werden, den ich dem Obristhofkämmerer Freiherr von Sickingen an die Seite stelle, wie ich angekündigt habe. Das ist eine große Verlockung. Doch hängt jetzt alles von ihrem Examen ab. Die drei Studiosi haben vertrauensvoll um eine Antwort gebeten auf die Frage, ob sie das Examen bestehen würden, Er aber hat ihnen nichts gesagt."

„Mir war gerade keine Antwort eingefallen, die so blöd war wie die Frage der Kandidaten", antwortete Perkeo, immer noch am ausgestreckten rechten Arm den Daumen hoch.

„Mein Lustiger Rat hält die Frage nach dem Ausgang eines Examens für eine blöde Frage?"

„Ja, weil nur Gott und der Vorsitzende der Prüfungskommission sie beantworten kann."

„Deshalb bloß die Faust mit dem hochgereckten Daumen?"

„Ja, damit war alles gesagt."

„Ach, meint Er mit dem Daumen vielleicht, dass nur einer das Examen schafft?"

Perkeo hielt immer noch den Daumen hoch und sagte nur: „Ja".

„Wenn nun aber", wandte der Pfalzgraf ein, „zwei von ihnen das Examen bestehen?"

„Dann heißt das, dass einer die Prüfung nicht besteht."

„Aha. Das ist verständlich. Wenn jedoch alle drei das Examen bestehen?"

„Dann heißt das, dass sie es alle auf einmal schaffen."

„Oho, wenn nun aber keiner von ihnen besteht?"

„Dann heißt das, dass sie alle drei auf einmal scheitern."

„Hilf, Himmel! Er immer mit seinen verfluchten Zahlenspielchen. Aber – ich sehe", meinte der Pfalzgraf, plötzlich sehr nachdenklich geworden, „mit ihm habe ich den richtigen Mann zu meinem Lustigen Rat gemacht. Eigentlich sollte Er auf dem Thron sitzen, denn Er hat immer recht.“

„Ja“, erwiderte Perkeo, „da hast ausnahmsweise einmal du recht, Pfalzgraf.“

Damit war diese ungewöhnliche Audienz für den Hofnarren abgetan. Doch sollte sich schon bald zeigen, dass es auch eine ganz andere Antwort auf die Frage der drei Examenskandidaten nach ihren Chancen in dem Examen gab. Weil der Tod schon hinter den Fenstern des Audienzraumes gelauert hatte. Der hatte die Antwort, die erschreckte. Weil sie richtig war. Eine Antwort, von der Perkeo sagen wird, auch die habe er mit seinem hochgestellten Daumen gegeben.

2.

Eigentlich war alles wieder in Ordnung. Die renommierte Heidelberger Universität, der die Franzosen den Todesstoß gegeben hatten, sie lebte wieder. Dabei hatten die Eroberer das Universitätsgebäude zerstört, und ein Neubau war erst vor ein paar Jahren fertig geworden. Forschung und Lehre hatten vorübergehend nach Frankfurt am Main und nach Weinheim an der Bergstraße ausweichen müssen und waren dann sogar ganz eingestellt worden. Doch auch dieses Desaster war nun schon Vergangenheit.

Seit dem Jahre 1705 war die Heidelberger Universität wieder in Betrieb. Und sie fand regen Zulauf aus vielen deutschen Landesteilen. Von den berühmten Professoren, die der Krieg vertrieben hatte, waren aber viele nicht wieder zurückgekommen. Dafür bestimmten nun etliche Wissenschaftler, die dem Orden der Jesuiten angehörten, den Geist der Hochschule. Was dem frommen Pfalzgrafen und Kurfürsten bei Rhein Carl Philipp nur recht war. Wie pflegte er doch zu sagen? „Mein wachsames Auge liegt voller Stolz auf meiner Universität.“

Verständlich deshalb, dass Carl Philipp in eine für ihn ganz untypische Erregtheit geriet, als er drei Tage nach dem sonderbaren Erlebnis mit Perkeo und seinem hochgereckten Daumen erfuhr, dass man in den Trümmern unterhalb des von den Franzosen teilweise gesprengten Dicken Turms eine Leiche gefunden habe. Kinder waren beim Versteckenspielen zwischen den Gesteinsbrocken auf einen leblosen Mann gestoßen und schreiend heimgelaufen. Die Eltern hatten dann die Gendarmen des Pfalzgrafen auf den Toten aufmerksam gemacht. Die hatten sofort den Hofmedikus geholt, der aber leider feststellen musste: „Der Mann ist tot. Hier kann ich nicht mehr helfen."

Bei dem Toten, das fand man schnell heraus, handelte es sich um den Kandidaten der Jurisprudenz mit Namen Amelius Arendson. Also einer von den Dreien, die so viel gelernt hatten und beim Lustigen Rat aufgetreten waren, um ihn zu fragen, ob sie eine Chance hätten, das Examen zu bestehen. Jetzt lag der junge Mann mit zwei tiefen Messerstichen in der Brust zwischen den Gesteinsbrocken. Ein blutbeschmiertes langes Messer hatte er in seiner verkrampften Rechten.

Der Pfalzgraf befahl seinen Lustigen Rat zu sich und machte ihm schwere Vorwürfe, weil er die drei Kandidaten so wortlos weggeschickt hatte. „Das ist der Erfolg Seiner dummen Zahlenspielereien. Diese jungen und so seriös wirkenden Studiosi hatten einen guten Rat erwartet, doch mein Lustiger Rat hat jede Hilfe verweigert und ihnen nur den hochgereckten Daumen gezeigt. Ich kann nur hoffen, dass nicht auch die anderen beiden in ihrer Angst und Unsicherheit zum Messer greifen und sich umbringen."

„Wer so dumm ist, dass er fragt, ob er ein Examen bestehen wird oder nicht, was doch niemand beantworten kann, der hat nichts Besseres verdient."

„Nichts Besseres als ein Messer in der Brust?

„Nein, nichts Besseres als den hochgereckten Daumen und ein Raus."

„Und wenn er sich dann in seiner Not umbringt?"

„Dann ist das immer noch besser als wenn er in dem Amt, das du, Pfalzgraf, ihm nach der bestandenen Prüfung gegeben hättest, genauso alles falsch macht. Da hätte er nämlich noch viel mehr Schaden anrichten können als nur sich selbst vorschnell in die Hölle zu schicken."

Die Bemerkung mit der Hölle war nur zu berechtigt. Dagegen konnte der Pfalzgraf nichts einwenden. Als gläubiger Katholik wusste er, dass Selbstmördern die Hölle droht. Und tatsächlich, als es dann um die Frage ging, wo und wie der Tote zu beerdigen wäre, hatte auch der Pfarrer dazu nichts zu sagen außer: „Nein, kein christliches Begräbnis möglich. Für Selbstmörder gibt es nur ein Grab außerhalb des Bergfriedhofs, an der Außenseite der Friedhofsmauer. Dann liegt er immer noch nahe genug bei allen anderen Toten und kann sich nicht beklagen."

Die trauernden Angehörigen waren von dieser rüden und ironischen Ablehnung natürlich weit mehr betroffen als der Tote selbst, der damit bestraft werden sollte, und bemühten sich mit vielen guten Worten und auch mit dem Vorschlag von Spenden für die Kirche, ihm einen besseren Platz für die Ewigkeit zu verschaffen.

„Sicher hat die Kirche da oder dort einen dringenden Bedarf an Geld, dem wir abhelfen könnten", machte der Vater des toten Kandidaten dem Geistlichen ein Angebot und hielt ihm schon seinen Geldbeutel entgegen, der aber nicht gerade korpulent war.

„Wahrhaftig", meinte der Geistliche mit einem schnellen Seitenblick auf den schlaffen Geldbeutel und einem verklärten Blick gen Himmel, „an so vielen Stellen mangelt es uns an dem nötigen Geld. Wenn ich nur an die hohe Trennwand zwischen dem katholischen und dem protestantischen Teil der Heilig-Geist-Kirche denke, da bröckelt es bedenklich. Die wohltuende Scheidung, die unser hochverehrter Herr Pfalzgraf Johann Wilhelm, Gott hab' ihn selig, zur Wahrung des Friedens eingeführt hat, sie ist in Gefahr einzustürzen. Nicht auszudenken, was dann passiert."

„Nun, also", drang der Vater auf den Gottesmann ein, „dann nehmt diesen Geldbeutel mit meinen Ersparnissen, den ich unserem Sohn als Belohnung für das bestandene Examen geben wollte, und gebt Eurem Herzen einen Stoß und meinem armen Sohn ein christliches Begräbnis auf Eurem Gottesacker."

„Nein, Strafe muss sein", sagte der Pfarrer ihm kalt ins Gesicht. „Wenn ein Kind Gottes sich erdreistet, selbst darüber zu entscheiden, wie lange es auf Erden wandelt, dann ist das eine schwere Sünde, mit der es sich außerhalb der heiligen Kirche stellt und deshalb auch nur außerhalb des frommen Gottesackers sein Grab finden kann."

Und so geschah es dann auch. Bei der – ohne Beteiligung eines Geistlichen – wenig feierlichen Bestattung des toten Amelius Arendson vor dem Heidelberger Bergfriedhof waren nur wenige Trauernde zugegen. Doch die anderen beiden Examenskandidaten nahmen an der schlichten Zeremonie teil. Weil sie nicht nur Studienkollegen, sondern auch alte Freunde waren, wie sie gegenüber den Familienangehörigen des Toten mehrmals betonten. Und sie wischten sich auch einige Male mit großer Geste die Augen trocken.

Das kam Perkeo etwas übertrieben vor. Er hatte sich über die Anordnung seines Fürsten, im Schlossbereich zu bleiben, hinweggesetzt und war heimlich auf dem Karren eines freundlichen Bauern, der im Schloss gerade seinen Rosenkohl abgeliefert hatte, zum Bergfriedhof gefahren. Dabei war er sich selbst nicht klar darüber, ob er aus schlechtem Gewissen oder sogar Reue oder nur aus Neugier bei der Bestattung des Kandidaten Amelius Arendson dabei sein wollte. Eine Frage, mit der er sich aber nicht allzu lange quälte. Für die nötige Ablenkung sorgte eine junge Frau in vornehmer Kleidung, die am offenen Grab haltlos losweinte, plötzlich vor Schmerz zusammenbrach und in das offene Grab zu fallen drohte, während einer der Verwandten seine Abschiedsworte sprach. Die beiden Mitstudenten und Freunde des Toten mussten hinzuspringen und die Verzweifelte auffangen und stützen.

Diese junge Frau ist sogar eine sehr junge, stellte Perkeo, der sich etwas abseits der Trauergemeinde hielt, mit geübtem Blick fest. Ja, sie ist, wenn sie einmal das Tränentuch aus dem verheulten Gesicht nimmt, eine engelsgleiche Schönheit. Das lange schwarze Haar, das den Nacken, die Schultern und den Hals bis zum Brustansatz umschmeichelt. Zu schade, wirklich schade, dass ich sie nicht stützen kann. Ohnehin zu groß für mich. Ein Jammer aber auch, dass ich mich nicht mit ihr zu einer Flasche Wein verabreden kann, oder für zwei oder drei Flaschen und allem, was danach zu kommen pflegt. Geht leider nicht. Hier kann ich sie nicht ansprechen und aufs Schloss einladen. Eine Beerdigung, selbst wenn kein Pope dabei mitwirkt und deshalb alles recht sachlich abläuft, ist doch der falsche Rahmen für die Verabredung eines Rendezvous. Aber, sagte Perkeo sich mit der Selbstsicherheit des Optimisten, was nicht ist, wie es sein sollte, muss man so zurechtbiegen, wie man es braucht.

3.

Es ging dann, wie es im Leben immer geht, nämlich einfach weiter. Die beiden Kandidaten Carolus von Beutelar und Albertus Ferdinandus Coeller ließen natürlich keinen Menschen erfahren, wie froh sie darüber waren, dass ein Konkurrent weniger geprüft wurde. Weil das ihre Chancen erhöhte. Schließlich brauchte der Pfalzgraf in vielen Funktionen der erst kürzlich neu aufgebauten Verwaltung seiner Kurlande neue Leute. Deshalb durften nicht zu viele Kandidaten in der Abschlussprüfung ihres Studiums durchfallen.

Und tatsächlich konnte der Pfalzgraf sich ein paar Tage später darüber freuen, dass die beiden anderen Kandidaten, die beim Hofnarren um Hilfe gebeten hatten, das juristische Examen bestanden hatten. Es war beim Abendessen im allerkleinsten Kreis, nämlich nur der Herrscher und sein Hofnarr am reich gedeckten Tisch, als ihm die Erfolgsnachricht aus der Universität überbracht wurde. „Deo Gracias“, sagte der Pfalzgraf.

„Dem Teufel auch“, ergänzte sein Hofnarr.

„Was will Er damit sagen, mein wieder einmal renitenter Lustiger Rat?“

„Nichts, überhaupt nichts, Pfalzgraf. Ich habe nur deinen Dank an Gott ergänzt mit dem Dank an den Satan, weil der in unserer Welt mindestens ebenso wichtig ist wie Gott. Ich stelle mich gern mit beiden Lenkern unseres Geschicks gut.“

„Das mit den beiden Lenkern unseres Geschicks, das mag für Ihn gelten, Lustiger Rat. Ist doch unübersehbar, dass Er seine Talente zum Teil auch dem Teufel verdankt, der Teufelskerl. Aber für mich gilt das nicht.“

„Mach dich nicht kleiner als du bist, Pfalzgraf. Du bist auch nicht ohne Talente.“

„Aber das sind Talente von Gott, nicht vom Teufel.“

„Weiß man's? – Jedenfalls hatte ich doch recht, Pfalzgraf, mit dem einen hochgestellten Daumen. Das hieß: Einer schafft das Examen nicht.“

„Ei verflucht, manchmal sollte Er lieber das Maul halten, mein Lustiger Rat. Es geht doch jetzt um das Messer, das der Tote in seiner Hand hielt. Da gibt es offene Fragen. Das soll ein typisches Jagdmesser gewesen sein. Der Tote war aber kein Jäger.“

„Ich soll das Maul halten?“ Der Hofnarr gab sich verschnupft. „Bisher hieß es immer, ich sollte meine Meinung sagen, sollte kritisieren und zurechtrücken, lächerlich machen und mit witzigen Bemerkungen für Spaß sorgen. Jetzt soll ich das Maul halten? Das ist eine Abänderung meines Auftrags. Die kostet drei Goldstücke extra.“

„Die habe ich nicht.“

„Dachte ich es mir doch. Deshalb halte ich auch nicht das Maul.“

„Dann kann Er ja sagen, was Er von dem Jagdmesser in der Hand des Toten hält. Immerhin war das ein Bürgerlicher, also einer, der nicht das Recht hat zu jagen. Das ist und bleibt das Privileg des Adels, wie Er wohl weiß, oder? Also, wie kommt ein Jagdmesser in die Hand eines Bürgerlichen?“

„So ein Jagdmesser kann man kaufen oder finden oder sich schenken lassen oder stehlen“, antwortete Perkeo betont uninteressiert. „Und wenn der Kandidat das Messer nicht zum Aufbrechen von Wild benutzen darf, dann bleibt ihm ja nur, es gegen sich selbst einzusetzen. Ist doch die Zeit, da es üblich war, die Adligen abzustechen, schon fast zweihundert Jahre vorbei."

„Er hat einen eigenartigen Humor, mein Lustiger Rat. Selbst wenn man möchte, manchmal kann man als intelligenter Mensch nicht über Seine Scherze lachen."

„Manchmal scherzt Er ja auch nicht."

Dabei rieb Perkeo wieder mit dem linken Daumennagel am Nasenflügel. Diese Verlegenheitsgeste kannte der Pfalzgraf. Sie bedeutete meist nichts Gutes. Und prompt kam auch wieder so eine Bemerkung, die er lieber nicht gehört hätte.

„Hier stehe ich, kann aber auch anders", sagte der Hofnarr beim Aufstehen vom Tisch und wandte sich schon zur Tür. „Sogar mich unsichtbar machen, kann ich."

„Nein, nein, Er bleibe!", rief der Pfalzgraf ihn zur Ordnung. „Ich habe noch mehr mit Ihm zu besprechen."

Die beiden Herren, die an der Spitze des kurfürstlichen Hofstaats standen, liebten es, sich immer wieder wechselseitig infrage zu stellen. Auf diese Weise ihr Selbstbewusstsein fütternd. Worüber sie das Futtern nicht vergaßen. Sie hatten sich irgendwann wortlos darauf geeinigt, dass bei ihren intensiven Zwiegesprächen die höfische Regel: Man spricht nicht mit vollem Mund, aufgehoben war. Weil man einfach keine Zeit hatte, seine Replik so lange zurückzuhalten, bis man runtergeschluckt hat, was man so eifrig in sich hineinstopfte. Selbst mit Hilfe von vielen Weinschlucken zwischendurch konnten die beiden die köstlichen Speisen nicht so schnell vertilgen, wie ihnen spitze Bemerkungen einfielen, mit denen sie das Essen würzten.

Dem Hofnarren, der wieder auf seinen Stuhl geklettert war, ging die vom Schmerz überwältigte schöne junge Frau am Grab nicht aus dem Sinn. Wenn sie so sehr erschüttert ist von dem Tod des Kandidaten Amelius Arendson, dann muss sie die große Liebe des Toten gewesen sein. Eine Frau voller Hingabe, die nun nicht weiß, wohin mit dieser Hingabe.

Der müsste also geholfen werden, sagte Perkeo sich in einer plötzlichen Anwandlung von Menschenfreundlichkeit, an die er selbst nicht glaubte. Nur wusste er nicht, wie er an sie herankommen könnte. Zu dumm, ich kenne weder ihren Namen noch weiß ich, wo sie wohnt und was sie macht. Also gibt es keinen direkten Weg zu ihr. Aber kleine Umwege machen das Leben nur umso reizvoller, überlegte er.

„Der Lustige Rat ist stumm geworden“, wunderte der Pfalzgraf sich. „Hat es ihm nicht geschmeckt?“

„Aber du weißt doch: Mit dir zusammenzusitzen, Pfalzgraf, das schmeckt mir. Aber jetzt reizt mich nur noch eine süße Nachspeise. Denn ich habe eine Idee.“

„So lass hören.“

Da schlug Perkeo seinem Tischgenossen dreist vor, die beiden Kandidaten, die das Examen bestanden hatten, zu einem erneuten Besuch auf dem Schloss einzuladen. Um ihnen gratulieren zu können. „Das wäre dann ein kleiner Ausgleich für die Enttäuschung, die ich ihnen mit dem hochgereckten Daumen bereitet habe“, meinte er mit schuldbewusster Miene.

„Nun tue Er nur nicht so kleinlaut und reumütig“, erwiderte der Pfalzgraf. „Das glaube ich Ihm nicht. Aber ich begrüße seinen Vorschlag und werde die beiden Examinierten gleich für übermorgen auf das Schloss bestellen lassen, um ihnen zu gratulieren. Nur eine Bedingung: Er wird mit dabei sein, Lustiger Rat, damit Er sich in aller Form entschuldigen kann.“

„Einverstanden, ich entschuldige mich immer gern, egal ob ich mich schuldig gemacht habe oder nicht. Die Leute lieben es ja so sehr, einem zu verzeihen. So ein wunderschönes Gefühl, das ich ihnen damit biete – und das, ohne dass es mich was kostet. Also lass sie nur kommen, die beiden Juristen-Frischlinge. Ich werde ihnen die Hand geben, mich entschuldigen und ihnen gratulieren.“ Und lachte in sich hinein sein meckerndes Lachen, das der Pfalzgraf sich nie deuten konnte, und grummelte dabei: „Werden schon sehen, die Herren, was sie davon haben.“

4.

Ein verdammt ungewöhnliches Gespann, der Pfalzgraf Carl Philipp, Kurfürst bei Rhein, und sein Hofnarr Clemens Perkeo. Die passen doch zueinander wie die Faust aufs Auge, dachte jeder, der sie erlebte, aber zu sagen wagte das keiner. Zu gefährlich. Denn diese beiden nicht nur in der Körpergröße so unterschiedlichen Männer hatten in Heidelberg die Macht in ihren Händen. Die Wege der beiden hatten sich in Innsbruck gekreuzt, wo der Pfalzgraf als Statthalter von Kaiser Leopold I. in der prächtigen alten Hofburg residierte und Clemens Perkeo sich ohne Arbeit und Unterkunft ein schönes Leben machte.

Der Junge aus dem tirolischen Salurn hatte sich nach mehr Leben gesehnt und hatte sich zur Residenzstadt Innsbruck durchgeschlagen. Dort hatte er einen Meister gefunden, bei dem er das Knopfmacherhandwerk erlernte. Der Umgang mit Horn, Perlmutt, Knochen und Schildpatt, mit Elfenbein, Holz und Kokosnuss hatte ihm gefallen. Auch dass er die Stoffe zum Überziehen der Knöpfe unterscheiden lernte, die feinen Tuche, Samt und Seiden, passte ihm. Bald sah er die ganze Welt aus der Knopfperspektive. Bis er dahinterkam, dass die Knöpfe viel zu oft gar nichts zu halten hatten. Vor allem die goldenen und silbernen Knöpfe. Sie glänzten für nichts und waren bloße Drapierungen für Leute, die nach mehr aussehen wollten als sie waren. Als Perkeo den richtigen, den entlarvenden Blick für die Falschheit der Knöpfe und Knopflöcher hatte, verlor er die Lust an der Knöpferei. Aber da hatte er auch ausgelernt und gerade die Gesellenprüfung geschafft.

Danach ging es mit ihm bergab. Er fand zwar schnell Freunde, aber nicht die richtigen. Junge Herumtreiber, die sich einen Spaß machen wollten. Das war nicht der beste Umgang für ihn, Hauptsache jedoch, er wurde von ihnen akzeptiert, obwohl er so kinderklein geblieben war. Nicht einmal ein Meter zwanzig groß, aber dafür immer vorlaut, durstig und tatenlustig. Längst wagte selbst unter diesen verwegenen Gesellen keiner mehr, ihn damit aufzuziehen, dass er ein Winzling, ein

Furz oder nur ein Entwurf sei, wie er anfangs zu hören gekriegt hatte. Er hatte sich mit seinen extraharten Schuhen Respekt verschafft, mit denen er einen blitzschnellen Tritt gegen das Schienbein eines Gegners machte. Das war seine Spezialität, vor der man sich hütete.

Die Clique, die ihm zur Familie geworden war, hatte sich den Namen gegeben „Die böse Sieben" und tat alles, um diesen Namen zu rechtfertigen. Kein Schabernack war den Herumtreibern zu viel, keine Schimpferei, kein Lärm. Mit manch fremdem Gemäß voller Wein oder Bier, das man einen Moment aus den Augen gelassen hatte, löschten sie ihren Durst, und von so mancher Fensterbank verschwanden die zum Abkühlen rausgestellten Pfannkuchen in sieben Schlünden. Clemens Perkeo und seine Freunde, das waren Taugenichtse und Tunichtgute und Tagediebe, die sich für Lebenskünstler hielten. Vermutlich war die so drastische Einschätzung durch die braven Bürger Innsbrucks aber genauso falsch wie die überhöhte Selbsteinschätzung der jungen Wilden.

Bei Clemens Perkeo war es nicht so einfach zu sagen, ob das eine richtig war oder das andere, wie sich bei der Begegnung mit dem Pfalzgrafen zeigen sollte. Der großmäulige Zwerg war in einer der besseren Schenken Innsbrucks, in die er mehr aus Versehen geraten war, mit einem als besonders trinkfest geltenden adligen Herrn aus der Hofburg in einen Disput geraten. Schließlich hatten die Kontrahenten sich darauf geeinigt, durch ein Wetttrinken festzustellen, wer der Größere sei. Und der vorlaute Zwerg hatte diesen Wettkampf gewonnen. Was so unglaublich war, dass der Pfalzgraf Carl Philipp den kleinen Herumtreiber kennenlernen wollte.

Daraus hatte sich ein erneutes Wetttrinken ergeben, diesmal in der Hofburg. In Anwesenheit vieler Höflinge ein Wettstreit Statthalter gegen Knopfmacher, ein Zweier-Trinkgelage an langer, weißgedeckter Tafel. Nur an den Kopfenden stand jeweils ein Stuhl. Perkeo wurde zu dem einen geführt, wo ihm dicke Lederkissen untergelegt wurden, damit er überhaupt über den hohen Tisch schauen konnte. Der Statthalter nahm an dem Tischende ihm gegenüber Platz. Es wurde vereinbart, dass jeder so viel Wein trinken könne, wie er wolle und schaffe. Dabei konnte auch jeder essen, so viel er wollte.

„Wer die letzte Flasche nicht leer macht, hat verloren. Alle leeren Flaschen bleiben auf dem Tisch stehen, damit sie am Ende gezählt werden können", sagte der Schiedsrichter.

Dieser Wettstreit dauerte einen ganzen Tag lang. Die beiden Duellanten aßen und tranken mit sichtlichem und hörbarem Genuss. Dabei unterhielten sie sich über Alltägliches und über allerlei Erlebtes. Der Statthalter erzählte natürlich gern von seiner Zeit als Kriegsmann, als er gegen die Türken gekämpft hatte. In jedem Gefecht war er der Sieger. Bis auf das eine Mal, als er krank war und ihn auch noch ein anderer Truppenführer beim Oberkommandierenden angeschwärzt hatte, zu Unrecht, und sein Adjutant hatte ihn gerade an dem Tag bestohlen, und seine Geliebte war ihm davongelaufen. „Das war der schwärzeste Tag in meinem Leben. Da konnte ich den Tod nicht mehr als Gefahr oder als Unglück ansehen. Ja, an dem Tag habe ich mir gesagt, es wäre besser, man wäre gar nicht geboren."

„Stimmt", sagte Perkeo, „aber wer hat schon so viel Glück, nicht geboren worden zu sein? Höchstens einer unter Zehntausend."

Gegen Abend brachte der Statthalter den neuesten Hofklatsch auf den Tisch, ein Zeichen dafür, dass der Wein schon wirkte.

„Kann man ja verstehen, dass einer sich so einer schönen Frau an die Brust wirft. Aber sich dabei ertappen zu lassen, nein", echauffierte er sich. „Was ist das nur für ein Mensch, der sich beim Ehebruch erwischen lässt?"

„Ein zu langsamer", antwortete der Zwerg, ohne eine Miene zu verziehen. Und die an den Wänden des Raumes aufgereihten Höflinge krümmten sich wieder bei dem verzweifelten Bemühen nicht loszulachen.

Die beiden Wetttrinker wechselten sich ordentlich ab mit ihrem Gerede. So absurd das Gespräch allmählich wurde, man hörte einander aufmerksam zu, und man unterbrach den anderen nicht.

„Stellt Euch nur vor, Gobernador", sagte der Zwerg, „was mir neuerdings immer öfter passiert. Ich führe Selbstgespräche. Natürlich versuche ich nach Kräften, mir das als eine dumme Unart auszureden, doch rede ich dabei immer weiter mit mir."

„Na, und? Das macht doch nichts", entgegnete der Statthalter. „Das passiert doch jedem, dass er mal Selbstgespräche führt."

„Das mag ja sein", jammerte Perkeo, „aber Ihr könnt Euch nicht vorstellen, was für ein Langweiler ich bin. Ich erzähle mir lauter Sachen, die ich schon weiß."

Über solchem Gerede erkannte Carl Philipp in seinem Gegner einen blitzgescheiten und wortgewandten Gesprächspartner, der wohl Achtung, aber keinerlei Scheu vor dem mächtigen Statthalter des Kaisers hatte. Der kleine Knopfmacher sprach mit ihm wie mit seinesgleichen. Und genau das war es, was Carl Philipp gefiel. Nicht dieses heuchlerische Speichellecken der Hofschranzen, nicht diese falsche Untertänigkeit mit allerlei Vorbehalten, die nicht ausgesprochen wurden. Dieser Zwerg hatte offenbar schon so viel an Lebenserfahrung und ließ die auch ohne jede Hinterhältigkeit heraus, dass es ein Vergnügen war, sich mit ihm zu unterhalten. Denn so hatte noch keiner mit dem Vertreter des Kaisers gesprochen. Die anwesenden Höflinge waren starr und sprachlos vor Staunen und Entsetzen.

Das ist genau der Mann, den ich brauche, erkannte der Statthalter, während er im Wettstreit mit dem Zwerg eine Flasche Wein nach der anderen leerte. Den hergelaufenen Burschen darf ich nicht einfach davonlaufen lassen. Deshalb gab er, noch ehe er besiegt unter den Tisch rutschte, kurz entschlossen die geflüsterte Anweisung, dem tüchtigen kleinen Herumtreiber sofort ein Zimmer in der Hofburg zu geben und ihn am nächsten Tag vom Hofschneider neu einkleiden zu lassen.

Und so geschah es. Der Sieger des Wetttrinkens, dieser Habenichts und Wicht Clemens Perkeo, fand sich am nächsten Morgen in einem frisch bezogenen breiten Bett wieder.

Bald darauf wurde er durch einen emsig um ihn herum wuselnden Schneider neu eingekleidet, mit einem Gewand, das mit den grellen Farben Rot und Gelb und Grün und Glöckchen am Gürtel zu der neuen Stellung passte, die der Statthalter und Pfalzgraf Carl Philipp, ihm anbot: „Mein Hofnarr und Kammerherr soll Er sein, mit dem offiziellen Titel Lustiger Rat. Natürlich auch mit einer großzügigen Dotierung und, was für Ihn vermutlich noch viel wichtiger ist, mit dem Recht, jeden am Hofe mit dem vertraulichen Du anzureden und jedem unverblümt die Meinung zu sagen. Wogegen sich niemand wehren kann, so lange Er als Hofnarr unter meiner schützenden Hand steht. Er hat jederzeit Zugang zu mir und kann mir alles sagen, so unverblümt, wie Er es denkt. Er wird stets neben mir an meiner Tafel speisen und kann immer essen und trinken, so viel Er will – und zwar nur vom Besten."

Da gab es für den kleinen Herumtreiber Clemens Perkeo nur eine Antwort: „Einverstanden."

Damit hatte der Statthalter, was ihm schon lange gefehlt hatte: Nicht nur einen Spaßmacher, der mit immer neuen Einfällen und seinen gewitzten Kommentaren zu allem und jedem für die abendliche Unterhaltung zu sorgen hatte, und nicht nur ein durch eine Laune der Natur klein gebliebenes Gegenüber, das ihn so richtig groß erscheinen ließ. Nein, er wusste, mit dem Zwerg Perkeo könnte er die alltäglichen Probleme besprechen und sicher sein, von ihm stets die Argumente des gesunden Menschenverstands zu hören. Mit diesem lebensklugen jungen Mann könnte er von gleich zu gleich sprechen, anders als im Gespräch mit all den liebedienernden Höflingen um ihn herum. Zudem hatte er damit endlich, was ohne Frage zu jeder vornehmen Hofhaltung gehörte, in allen Ländern und seit jeher: einen Hofnarren. Den Mann, der immer an seiner Seite zu sein hatte. Als Kontrast zu seiner Herrscherherrlichkeit und als eine wichtige Ergänzung. Weil der Hofnarr all das vorbringen würde, was die kleinen Leute bewegt, und weil über ihn den Untertanen auch so manches viel leichter mitgeteilt werden könnte.

Der Statthalter wusste, wie wichtig einer ist, der einem das richtige Stichwort gibt oder die Gelegenheit, alle Bedenken aufzudecken und beiseitezuräumen. Und –, sagte er sich, gesetzt den Fall, er wird mir einmal zu frech, zu unverschämt in seiner Widerrede, so persönlich beleidigend, dass es nicht mehr zu ertragen ist, dann kann ich ihn gegen gutes Geld an irgendeinen Bischof oder Landadligen verkaufen. Will doch heute selbst die kleinste Hofhaltung nicht mehr ohne einen Hofnarren auskommen. So oder so ist dieser selbstbewusste und gescheite Wicht Gold wert.

Der kleine Herumtreiber aus Salurn war ebenso zufrieden mit der Entscheidung des Pfalzgrafen, ihn zu einem der Großen am Hofe zu machen. Essen und trinken so viel er mochte, dazu Titel und großzügiges Salär, und mit der jungen Comtesse Dorothee von Laufenburg, die ihm schon nach ein paar Tagen über den Weg lief, hatte er alles, was er brauchte. Weil die Schöne nicht weglief, als er sie in seiner direkten Art auf ein Glas Wein einlud. „Oder auch zwei oder drei oder vier Flaschen."

5.

Wie der Hofnarr vorgeschlagen hatte, wurden die beiden Kandidaten der Jurisprudenz, Carolus von Beutelar und Albertus Ferdinandus Coeller, die ihr Examen erfolgreich abgelegt hatten, zu einem erneuten Treffen in den Ruprechtsbau eingeladen. Diesmal aber sollten sie nicht zum Hofnarren kommen, sondern zum Pfalzgrafen selbst, zu Carl Philipp. Jetzt waren sie ja nicht mehr die Bittsteller, die Rat suchten, sondern die neuen Juristen, denen gratuliert werden sollte. Sie galten nun als die zukünftigen Helfer des Pfalzgrafen in der Verwaltung seiner Kurlande. Deshalb hatte man die beiden nicht in den Raum geführt, in denen Perkeo sie empfangen hatte, sondern in den größeren und prächtiger ausgestatteten Audienzraum des Fürsten, den Rittersaal. Dieser Raum mit seinem Kreuzgratgewölbe und dem Prunkkamin am Kopfende war der Lieblingstreffpunkt des Pfalzgrafen, wenn er Eindruck machen wollte. Perkeo wartete genauso im Hintergrund, wie bei dem ersten Treffen der Pfalzgraf sich als stiller Beobachter zurückgehalten hatte. Ein perfekter Rollentausch.

Peinlich nur, dass Carl Philipp nach der sehr offiziell klingenden Gratulation zum bestandenen Examen nichts weiter zu sagen wusste. Vom Anfang des Lebensweges wollte er nicht sprechen. Sind ja keine Kleinkinder mehr. Auch nicht von der Freude des Dienstes an der Allgemeinheit. Müsste man ja selbst dran glauben. Gut, dass ihm gerade noch einfiel: „Sehr bedauerlich, dass euer Freund, der Kandidat Amelius Arendson, jetzt nicht auch hier vor mir stehen kann, um sich gratulieren zu lassen. Sicher hat er sich genauso eifrig auf das Examen vorbereitet, sicher hätte er die Gratulation genauso verdient, aber ein ihm ungnädiges Geschick hat seinen Lebensfaden viel zu früh gekappt. Unvermeidlich. Ist doch nicht jeder von uns so geartet, dass er mit Gottvertrauen und Gleichmut die schwierigsten Momente des Lebens meistern kann. Weshalb der Lustige Rat …“ Danach sprach der Pfalzgraf nicht weiter, sondern wandte sich Hilfe suchend nach Perkeo um, der an der Tür stehen geblieben war.

„Weshalb ich als der Lustige Rat das Steuerrad in die Hand nehmen muss“, führte Perkeo die Rede fort, als er wieselflink an die Seite seines Fürsten huschte, „damit das Staatsschiff nicht in einem Meer von Tränen untergeht, nur weil Mutter Natur uns so unterschiedlich gemacht hat. Kann man ihr doch nicht vorwerfen. Überhaupt sollten wir uns mit Vorwürfen zurückhalten. Die sind in diesem Moment nicht angebracht. Ich ergreife stattdessen die Gelegenheit, mich bei den Herren dafür zu entschuldigen, dass ich vor Tagen die mir gestellte Frage, ob das Examen zu schaffen sei, nur mit einem hochgestellten Daumen beantwortet habe.“

Die beiden neuen Juristen waren von der Rede des Pfalzgrafen wie von der Fortsetzung des Hofnarren mehr beeindruckt, als sie zeigen wollten. Sie hatten stolz dagestanden, als ihnen gratuliert wurde, dann aber erschrocken die Schultern hochgezogen und sich ein wenig geduckt, als von dem gekappten Lebensfaden die Rede war, und waren blass geworden, als es hieß, man sollte sich mit Vorwürfen zurückhalten. Unübersehbar zeigten sie sich betroffen. Erst als Perkeo sie für die stumme Antwort auf ihre besorgte Frage bei ihrem ersten Besuch um Entschuldigung bat, fassten sie sich wieder und sagten mit höflicher Verbeugung und einem gewinnenden Lächeln: „Aber bitte sehr" und „Keine Ursache".

Das war für Perkeo das Ende des offiziellen Teils. „Jetzt gilt es, die erfolgreich abgelegte Prüfung zu feiern", sagte er und lud die beiden Juristen ein, mit ihm nach nebenan in den Fassbau zu gehen. Er hatte sich vorher schon vom Obristhofmarschall Graf von Globen, dem Herrn über den Fassbau, den Schlüssel zu dem stets gut verschlossenen Keller geben lassen. Der gewitzte Graf hatte es aber abgelehnt, selbst mitzumachen bei der besonderen Weinprobe, die der Hofnarr veranstalten wollte. Er hatte sich damit entschuldigt, dass er nicht allzu trinkfest sei. Und auch der Pfalzgraf zog sich nach der Verabschiedung der beiden Examinierten schnell zurück.

Die wenigen Schritte über den Schlosshof müssen ein schönes Bild abgegeben haben für die Leute vom Gesinde, die bei ihrer Arbeit immer alles mitzukriegen bemüht waren, was die Herrschaft und ihre Besucher anging. Die da klammheimlich aus den vielen Fenstern rund um den Schlosshof äugten, sahen zwei in vornehm schwarzes Tuch gekleidete, große junge Männer und zwischen ihnen den kleinen Hofnarren in seiner bunten Tracht und der feuerroten Perücke. Und dieses komische Trio ging die Rampe zum Keller im Fassbau hinunter.

„Was für einen Schabernack hat der Hofnarr wohl mit denen vor?"

„Na, die Herren werden sich noch wundern."

„Ja, Perkeo, unser Hofnarr, ist der Größte."

Gerade als die drei Herren die Rampe zum Fassbaukeller hinuntergehen wollten, begegnete ihnen der Hofapotheker. Ein Mann von undefinierbarem Alter mit einem düsteren Fratzengesicht, das an einen geschnitzten Teufel erinnerte. Der Hofnarr stellte ihm die beiden examinierten Jungjuristen vor. Und sagte dann: „Das ist der kurfürstliche Hofapotheker, seinen Namen weiß ich nicht. Der Herr über die tausend Wundermittelchen wird nur immer der Dottore genannt, weil er zu wissen glaubt, für was sie gut sind und gegen was man sie anwenden kann. Wer auf ihn hört, sorgt für seine Gesundheit. Wer nicht darauf hört, bleibt selbst gesund."

Perkeos Begleiter hatten die besondere Betonung verstanden, mit der das Wörtchen seine gesprochen worden war, und lachten, während sich der Hofapotheker schon wieder abwandte und dabei knurrte: „Habe leider im Moment keine Zeit, mich um Euer Leiden zu kümmern, Lustiger Rat."

Schon beim Betreten des Fassbaus schlug ihnen der kühle Atem des Weins entgegen. Denn dort stand das große Holzfass, in dem der Zehntwein gesammelt wurde, den die Weinbauern abzuliefern hatten. Ein übles Gemisch, für das Perkeo keinen Blick übrig hatte. Das war der Wein, mit dem die Bezahlung der niederen Beamten des Hofes ergänzt wurde, also der Soldaten und Gendarmen und auch der Lehrer und des Pfarrers. Neben dem Großen Fass standen die Wände entlang Fässer und Fässchen in allen Größen, in denen die besseren Weinsorten auf Trinker warteten.

„Die besten Weine sind schon in Flaschen abgefüllt", erklärte Perkeo. „Die sind aber für die kurfürstliche Tafel reserviert, an der ich neben dem Pfalzgrafen sitze. Nur hin und wieder bekommt auch einmal ein besonders wichtiger Gast etwas von diesem edlen Wein."

Die beiden neuen Juristen lasen an den Gemäßen ihnen wohlbekannte Bezeichnungen wie Riesling, Traminer, Burgunder und Muskateller. Das waren goldene Worte, die ihr Studium begleitet hatten, wie sie jetzt schwärmten. Stammten sie doch beide aus wohlhabenden Familien, die ihnen immer genügend Geld für ein auch vergnügliches Studentenleben zur Verfügung gestellt hatten. So viel hatten sie sogar, dass sie manches Mal auch den nicht über eine so pralle Börse verfügenden Freund Amelius Arendson zum Umtrunk hatten einladen können, wie sie Perkeo nun voller Stolz erzählten.

Bei dem kurzen Rundgang im Fasskeller trat Perkeo auf wie der Herr des Schlosses. Er brauchte ja nicht zu bezahlen, was er abzapfte oder entkorkte. Dabei waren ihm manche Bezeichnungen auf den Flaschen noch fremd. Räuschling las er, und Harthengst, andere Weine hießen Druscht, Hynsch und Gänsfüßer. Das waren Weine, die man in Innsbruck nicht gekannt hatte. Und in der kurzen Zeit, die er erst auf dem Heidelberger Schloss verbrachte, hatte er sich zu sehr darauf konzentriert, den Pfälzer Riesling durch seine Kehle laufen zu lassen. Peinlich für einen Kammerherrn, diese fehlende Kenntnis. Deshalb öffnete er jetzt die Gemäße mit den fremden Namen und ließ in Kennermanier wortreich und großzügig seine beiden Gäste immer wieder einen anderen Wein kosten, nahm auch selbst immer mehr als nur einen Probierschluck. Mit Schmatzen und vielen Gluckergeräuschen begleitete er diese Vorführung von Weinen, die ihm fremd, aber durchaus angenehm waren.

„Von kommod bis Helfer in der Not, alles vorhanden, was der Mensch braucht", kommentierte er die Auswahl. „Und was einem Weinfreund wie mir nicht so recht passt, ist immer noch gut genug für eine Spende an die Kirche als Messwein."

„Na, wenn das der Herr Pfarrer hört", meinte Coeller.

„Der weiß, was ich von ihm halte. Das nützt ihm aber nichts. Er kann mir nichts anhaben. Er könnte nur in sich hinein knurren."

„Wie vorhin der Hofapotheker. Den habt Ihr Euch sehr elegant zum Feind gemacht", sagte von Beutelar.

„Für den gilt das Gleiche: Das macht mir nichts."

Der Hofnarr konnte trinken, so viel er wollte, er wirkte nicht betrunken. Vielleicht war es aber auch umgekehrt: Wenn er viel Wein getrunken hatte, fiel das nicht auf, weil er genauso verquere Sachen redete wie sonst. Die beiden jungen Herren dagegen, so begeistert sie zunächst mitgemacht hatten, sie zeigten bald, dass ihnen der Alkohol in den Kopf gestiegen war, so leicht benebelt wie sie schon von den schweren Ausdünstungen des Weins waren, mit denen die Kellerluft sie empfangen hatte.

So wurde, was als Kellerbesichtigung begonnen hatte und als kleine gesellige Weinprobe, schon bald zu einem kuriosen Dreiergespräch, bei dem einer immer konkreter werdende Fragen stellte, die beiden anderen aber immer undeutlichere Antworten lallten. Immerhin kam noch rechtzeitig der Name der jungen Frau ins Gespräch, die am Grab des dritten Kandidaten vor Schmerz zusammenbrach. Aurelia von Knappersbusch heiße sie, erfuhr Perkeo. Und sie wohne nicht bei ihren Eltern, hinten weit im Odenwald, sondern unten am Neckar, in der Haspelgasse, wo sie eine alte Gräfin betreue. Nein, sie sei nicht verwandt gewesen mit dem jetzt leider toten Kandidaten Amelius. Nein, auch noch nicht mit ihm verlobt, aber doch mehr als nur gut befreundet.

„Ach ja?"

„Ja, aber die Aurelia, die passte überhaupt nicht zu dem Amelius", kam dann die klare Aussage.

„Ja, das stimmt."

„Warum nicht? War sie zu jung?"

„Jung, ja, sehr jung und schön."

„Oh ja, verdammt schönes Kind!"

„War sie für Amelius zu arm?"

„Ha, arm. Er war arm, nicht Aurelia."

„Aurelia, die hat Geld und Köpfchen."

„Ja, gescheit, viel zu gescheut."

„Gefährlich gescheit."

„Quatsch doch nicht, ist doch alles, alles, alles – ist doch erledigt."

„Was ist erledigt?"

„Die wollte ihm Gold, nee Geld geben, damit das Examen klappt."

„Braucht man dafür Geld? Ich meine, da geht es um Wissen, oder?"

„Ha, Ihr könnt vielleicht fragen, luftiger Rat."

„Ich kann nicht mehr, muss hier raus. Keine Luft."

„Ich-ich-ich auch."

Perkeo hätte die Weinprobe gern noch lange fortgesetzt. Vor allem der rote Gänsfüßer hatte es ihm angetan. Aber allein machte ihm das Kosten und Vergleichen keinen Spaß. Zudem hatte er ja erfahren, was er wissen wollte. Zumindest damit konnte er zufrieden sein. Er war sicher, die schöne Aurelia von Knappersbusch würde ihm mehr von sich erzählen. Denn da schien es noch einiges zu geben, was man als Mann und Liebhaber wissen sollte. Weil so was aneinander bindet. Wenn die Schöne mir in traulicher Stunde bei einem Gläschen Wein verrät, überlegte er, wozu sie ihrem Freund Amelius Geld geben wollte, habe ich sie nicht nur in der Hand, dann habe ich sie auch in meinen starken Armen – und lass sie nicht mehr los.

6.

Ratlos hin- und hergerissen war er, der Lustige Rat. Und das fand er gar nicht lustig. Musste er sich doch entscheiden, was wichtiger wäre und deshalb als Erstes angegangen werden sollte: die schöne Aurelia oder der wohlschmeckende Gänsfüßer. Die Schöne war noch sehr jung und dürfte ruhig noch ein wenig reifen, dagegen der Rote würde jeden Tag weniger, weil er mit Sicherheit auch anderen Gaumen behagen würde. Andererseits war die Gefahr, dass ihm die Schöne durch einen neuen Freund weggeschnappt werden könnte, nicht zu vernachlässigen, und was den Schwund beim Roten betraf, so war die Ernte des Jahres ja kaum erst in den Kellern und jedes Jahr eine neue Ernte zu erwarten. Was also war vordringlich?

Perkeo – wer will ihm das verübeln – entschied sich für den Wein. Weil ihm dann doch der große Unterschied bei den beiden Genüssen klar geworden war. „Die Frau gibt nicht nur, sie nimmt auch“, sprach er vor sich hin, „während der Wein nur gibt. Und Geben ist seliger als Nehmen.“ Schon war er auf dem Weg zum Obristkämmerer Freiherr von Sickingen.

Der war der Vermögensverwalter der gesamten Kurlande und residierte im Ruprechtsbau. Er hat die Weinvorräte im Fassbau bezahlt, also müsste von ihm mehr über den Gänsfüßer zu erfahren sein, hatte der Hofnarr überlegt. Zudem war der Obristkämmerer der Hofbeamte, von dem Perkeo besonders viel hielt. Weil dieser würdige ältere Herr von Allerhand so erstaunlich viel wusste und doch stets sehr freundlich blieb und offenbar ohne alle Falschheit war. Deshalb war der Freiherr der einzige Mann am Hofe, den Perkeo nicht mit dem distanzlosen Du ansprach. Der Hofnarr konnte sich zwar nicht zu den üblichen Anredeformeln mit Euer Hochwohlgeboren und dergleichen aufschwingen, das ging ihm gegen den Strich, doch schien ihm in dem Fall das Du zu plump. Deshalb vermied er einfach jede Anrede. Allein aus Hochachtung. Er war sicher, dass der Freiherr das bereits bemerkt hatte, wenn der dazu auch aus Vornehmheit keine Bemerkung machte.

„Volles Verständnis für die Frage nach dem Gänsfüßer", zeigte der Freiherr sich denn auch gleich sehr zugänglich, als der Hofnarr in seinem Kontor Platz genommen und seinen Wunsch vorgebracht hatte. „Ein vorzüglicher Wein. Wer ihn einmal kennengelernt hat, der möchte ihn sich zum Freund machen. Doch ist das nicht so einfach. Denn der Gänsfüßer ist der Sonderling unter den Weinen, der wegen seiner Eigenarten von den Weinbauern nicht besonders geschätzt wird. Deshalb wächst er nicht überall, wo Weinanbau betrieben wird. So viele Weinberge und Weinfelder in den Kurlanden liegen, man sucht den Gänsfüßer meist vergeblich. Da und dort wird er als Hausrebe gepflanzt, also gleich an der Hauswand. Das bringt aber keinen Ertrag, der die Fässer füllt. Mit seinen besonders tief reichenden Wurzeln nimmt er noch die letzte Feuchtigkeit auf, hält so die Fundamente trocken und ist dabei äußerst anspruchslos. Man braucht ihn nicht zu gießen, der gelegentliche Regen reicht ihm. Und er genießt es, dass die Hauswand ihm Wärme gibt, denn der Gänsfüßer ist frostempfindlich. Darauf muss man achten."

„So gern ich ihn getrunken habe, ich will den Gänsfüßer aber nicht selbst anpflanzen", warf Perkeo ein. „An der so reich mit Figuren von wichtigen Menschen geschmückten Wand des Friedrichsbaus, in dem ich wohne, sähe der Pfalzgraf die Hausrebe wohl nicht so gern."

Der Obristkämmerer lachte laut los: „Da hat Er sicher recht, lieber Lustiger Rat. Doch wenn der Prophet nicht zum Berg kommt, muss der Berg zum Propheten kommen. Oder – in diesem Falle umgekehrt. Wenn Er diesen ungewöhnlichen Rotwein genießen will, wo er gekeltert wird, dann muss Er sich in das südpfälzische Dorf Oberlustadt begeben. Dort wird diese Rebe schon seit gut zweihundert Jahren in größerer Zahl angepflanzt und gehegt. Von dort bezieht auch der Hof seinen Vorrat an Gänsfüßer." Dabei war der Freiherr von Sickingen schon aufgestanden, hatte ein großes Kartenwerk herangeholt und auf dem Tisch ausgebreitet, indem er die südpfälzischen Gebiete aufschlug.

„Dort unten liegt das Weindorf Oberlustadt." Dabei nannte er dem Hofnarren auch gleich den Namen des Gutes, von dem er den Wein bezog: „Chlodwig Krez heißt unser Weinbauer."

„Ja, ich danke ergebens für die freundliche Aufklärung. Jetzt ist mir, als könnte ich den Duft des süffigen Rotweins schon riechen." Der Hofnarr stand auf, um sich zu verabschieden. „Aber für meine kurzen Beine hat sich der Gänsfüßer doch etwas weit weg versteckt."

Am nächsten Morgen wusste Perkeo, wie er den Nachteil der kurzen Beine ausgleichen könnte. Er eilte schon früh zum Pfalzgrafen und erzählte ihm von der Weinprobe mit den beiden jungen Juristen, die er betrunken gemacht hatte, was Carl Philipp gefiel. Dabei erwähnte Perkeo jedoch nicht, dass er sich vor allem darum bemüht hatte, etwas über die so herzzerreißend traurige Schöne am Grab des toten Kandidaten zu erfahren. Und er sagte auch nichts von dem Geld, das sie ihrem Freund geben wollte, damit er das Examen schaffen könnte. Er fand: Da ist etwas nicht in Ordnung. Aber was es damit auf sich hatte, wollte Perkeo erst selbst herausfinden. Damit jetzt nicht den Pfalzgrafen beunruhigen, dem so viel an seiner Universität liegt. Ihm jetzt Laune machen auf etwas ganz Anderes.

Also berichtete Perkeo von seinem Gespräch mit dem Freiherrn von Sickingen und schwärmte von dem Rotweindorf Oberlustadt und bedauerte mit vielen Worten, dass er nicht wisse, wie dorthin kommen. „Mit meinen kurzen Beinen." Und er hatte Glück. Der Pfalzgraf war gerade in der richtigen Stimmung für einen kleinen Ausflug in seiner vierspännigen Staatskarosse. „Dabei können wir gleich ein oder zwei Gebinde von dem guten Roten für unseren Fasskeller mitbringen."

7.

Schon Mitte Dezember, doch die Wege waren in diesen Tagen gut befahrbar. Kein Schnee, kein Matsch, kein Eis und kein Nebel, nur hartgefrorener Boden. Wenn ein Kutscher darauf achtete, nicht in die tief ausgefahrenen Fahrrinnen zu geraten, in denen die dünnen Räder des Wagens wie in Eisenklammern laufen würden und nicht mehr herauskommen könnten, dann war jetzt ein schönes Tempo möglich. Also immer ein wenig neben der Spur an diesem trocken kalten Dezembertag, einem Tag, an dem man sich über jeden Sonnenstrahl freute, der durch das Wolkengrau drang. Carl Philipp, so überraschend schnell er sich zu diesem Ausflug entschlossen hatte, war dann doch so dezent gewesen, nicht die prächtige Staatskarosse zu nehmen, sondern eine kleine französische Berline mit geschlossenem Coupé, die von zwei Pferden gezogen wurde.

„Ein leichter, aber sehr zuverlässiger Wagen. Zudem: Wer bescheiden auftritt, kauft billiger ein", so entschuldigte er sich für dieses etwas altmodische Gefährt. Das Argument billig war nicht einmal bloß vorgeschoben, wusste Perkeo. Der Pfalzgraf sah neuerdings etwas genauer auf die Ausgaben des Hofes. Er hatte ja nun die enormen Schulden zu tragen, die sein verstorbener Bruder Johann Wilhelm für die teilweise Instandsetzung des von den Franzosen zerstörten Schlosskomplexes gemacht hatte. Ein Schuldenmachen, das nicht zu vermeiden war.

Doch nahm Perkeo auf die Zurückhaltung des Schlossherrn wegen dieser Lasten keine Rücksicht. Nicht das erste Mal, dass er ihn damit aufzog: „Wenn der Weinbauer dich bei diesem Auftritt nicht für zahlungskräftig hält, Pfalzgraf, dann bleibe ich gern als Faustpfand in seinem Weinkeller."

„Na, der würde sich wundern, wie schnell sein Vorrat abnimmt, und mir meinen Lustigen Rat schleunigst aufs Schloss zurückschicken."

„Der jedoch nicht ohne ein Fässchen Roten als Beute heimkehren würde."

„Aber auch mit einer imposanten Rechnung für das Kontor des viel geplagten Obristhofmarschalls."

Die Herren waren bei Laune und lachten sich so fröhlich an, dass die Atemwölkchen sich miteinander verknäuelten. Der Kutscher auf dem Bock hatte sich in zottelig dicke Decken gehüllt. Und auch die beiden, die sich in der Gondel der Karosse mit den nicht ganz geschlossenen Fenstern – man möchte ja was von der Landschaft sehen – gegenübersaßen, hatten sich in ihren warmen Pelzumhängen richtig vorbereitet für diese kleine Winterreise. Unter den Pelzen diesmal keine höfische Kleidung. Beide waren so schlicht aufgemacht wie Handelsreisende. Sogar ohne die fuchsrote und die weiß wallende Allonge-Perücke. Man war inkognito unterwegs. „Das verbilligt den Wein", hatte der Pfalzgraf gemeint.

Die zwei Rösser, die das leichte Gefährt zogen, schienen es zu genießen, noch einmal aus dem Stall zu kommen. Und nicht nur sie. Auch Carl Philipp war glücklich, einmal den lästigen Regierungspflichten entfliehen zu können, was er Perkeo jetzt schon zum dritten Mal gestand: „Das kann Er mir glauben."

„Das ist doch noch gar nichts", meinte der Hofnarr, immer frech, weil immer im Dienst, „stell dir nur einmal vor, Pfalzgraf, wie viele Menschen im Schloss du damit glücklich machst, dass du einmal deinen Regierungspflichten entfliehst. Vierhundert oder fünfhundert oder gar sechshundert Seelen, die jetzt befreit aufatmen und sich …"

„Will Er damit sagen, Lustiger Rat, meine Hofgesellschaft habe es lieber, wenn ich weg bin, als wenn ich da bin?“

„Das ist wie mit der Sonne, Pfalzgraf. Erst wenn sie untergegangen ist, beginnt die gemütliche Abendunterhaltung, von dem anschließenden genussvollen Nachtleben ganz zu schweigen.“

„Ich merke, Er will mir diese, unsere kleine Lustreise zu einer Unlustreise machen.“

„Nein, ganz im Gegenteil. Bedenke doch, Pfalzgraf, der rote Gänsfüßer, dem wir uns als fromme Bacchus-Pilger nähern, wird dem Pilger eine umso größere Lust sein, je unlustiger der Weg zu ihm hin war.“

„Er hat das falsche Kostüm an. So weihevoll, wie Er Trost zu spenden weiß, hätte Er Pfarrer werden sollen.“

„Ja, das hatte ich durchaus einmal erwogen, doch habe ich den Plan aufgegeben, nachdem ich einmal Messwein gestohlen und verkostet hatte. Für diesen miesen Saft mein Leben hinzugeben, nein danke.“

Der Pfalzgraf sagte dazu nichts. Alles, was die Kirche betraf, egal ob die eine oder die andere, das hatte Perkeo längst herausgefunden, war für den Landesherrn morastiger Boden, auf den er sich nicht begab. Zu schnell hatte er die Erfahrung gemacht, dass er mit jeder Äußerung zur Religion entweder den einen oder den anderen auf die Füße trat. Und die schrien ja nur allzu gern laut auf.

Die Ausflügler machten keine Pause in Speyer, bewunderten nur im Vorbeifahren die prächtigen Kirchen und einige profane Bauten, die imposant wirkten. Doch dann fing es auf einmal an zu schneien. Und das wurde so schnell ein wildes Schneetreiben, dass an eine Weiterfahrt nicht zu denken war. Sie mussten sich ein Nachtquartier suchen. Der Pfalzgraf wollte nicht zurück in die Stadt, wo man leicht einen Gasthof gefunden hätte.

„Als alter Kriegsmann kenne ich kein Zurück“, sagte er und rief dem Kutscher zu, wohin er die Pferde lenken sollte. Er wusste, dass er in einem Kloster gleich hinter Speyer auf Mönche treffen würde, die sich über so noble Gäste wie ihn und seinen Hofnarren sehr freuen würden, weil man ihn dort kannte. Bis dahin müssten sie es noch schaffen. Und sie schafften auch dieses Stück Fahrt noch, wenn auch sehr langsam, weil die Pferde sich den Weg Schritt für Schritt ertasten mussten. Das Kloster, in dem sie herzlich empfangen wurden, jetzt nicht mehr inkognito, war der richtige Platz zum Übernachten. Gutes Essen gab es dort und guten Wein. Auch gute Gespräche, die aber nur kurz. Denn die strenge Einteilung des Tages und der Nacht nach der Klosterordnung rief die Mönche samt dem Prior schon bald weg, sodass Carl Philipp und Perkeo allein dasaßen und noch lange weiter becherten, ehe sie sich in die Gästebetten begaben.

Die Landschaften, durch die sie am nächsten Morgen fuhren, hatten nichts besonders Schönes für sie zu bieten, obwohl der Schnee sie weiß eingekleidet hatte. Es sah trotzdem alles nur nach Arbeit aus. Leere Felder, grob umgepflügte Äcker und endlose Reihen von Reben, deren Früchte schon längst in den Kellern waren. Die Dörfer waren Haufen von kleinen, ärmlichen Häuschen, die dicht gedrängt beieinanderstanden, um möglichst viel Platz zu lassen für die Felder. Als der Kutscher einmal anhielt und einen Einheimischen nach dem kürzesten Weg nach Oberlustadt fragte, bekam er zu hören: „Overloscht – do hinne." Mit einer lässigen Handbewegung in Richtung Pfälzer Berge. Da wusste der Mann auf dem Bock Bescheid, und die beiden Herren im Coupé sahen sich erstaunt an.

„Wie sprechen die Leute hier?", fragte Perkeo. „Sind wir vielleicht schon raus aus deutschen Landen?"

„Wir sind sogar immer noch in Kurpfälzer Landen", war die stolze Antwort Carl Philipps.

„Donnerwetter, dein Land ist ja noch größer als du", meinte Perkeo. Und da es sich um eine zweifellos zutreffende Bemerkung handelte, hatte der Pfalzgraf nichts zu entgegnen. Also blieb man in stummer Bewunderung von so viel Landschaft mit fast nichts darin, bis die kleine Berline mit den wichtigen Herren in legerer Wintervermummung in das Dorf Oberlustadt rollte und dort vor dem Haus des Weinbauern Chlodwig Krez haltmachte.

Das Erste, was Perkeo auffiel, war, dass Oberlustadt alles andere als eine Stadt war. „Deine Untertanen hier sind offensichtlich genauso gerne groß wie du, Pfalzgraf."

„Was meint Er damit?"

„Die Pfälzer nennen dieses kleine Kuhdorf Stadt. Vermutlich würden sie deine Residenzstadt Heidelberg umgekehrt Residenzdorf Heideltal nennen."

„Würde mich nicht stören."

Weiter konnten die Herren sich mit diesem Thema nicht beschäftigen. Gab es doch was Aufregendes zu sehen. Denn bei dem Hof des Weinbauern hatte schon eine andere Kutsche festgemacht, eine größere und prächtigere, die von vier Pferden gezogen wurde.

„Eine große Reisekalesche mit abnehmbarem Verdeck und einem verschließbaren Gepäckraum an der Unterseite der Gondel für die Passagiere", wunderte der Pfalzgraf sich. „Wer tritt hier so luxuriös auf?"

„Wohl einer, der es nötig hat, sich größer zu machen, als er ist", vermutete Perkeo.

Im Haus des Weinbauern wurden sie dann in aller Form miteinander bekannt gemacht. „Der Herr Professor der Jurisprudenz an der Universität Heidelberg", stellte Chlodwig Krez den vornehm gekleideten älteren Herrn vor, der eine lange holländische Pfeife schmauchte, „Herr Antonius Paulus von Stegwitz und …"

„Und Doktor beider Rechte", ergänzte der Professor die Vorstellung durch den Weinbauern. Dazu gab es keinen Widerspruch, aber auch keine Entschuldigung. Der Herr der Weine ging einfach darüber hinweg. Oho, der Mann hat offenbar viel Erfahrung im Umgang mit vornehmen Herrschaften, überlegte Perkeo. Das spricht für die Qualität seiner Weine.

„Und", setzte Krez die Vorstellung ungerührt fort. „aber da erübrigt sich ja wohl die Nennung des Namens: Unser verehrter Landesvater, der durchlauchtigste Herr Pfalzgraf und Kurfürst bei Rhein Carl Philipp nebst seinem Hofnarren Clemens Perkeo."

Also trotz der Verkleidung gleich erkannt. Ja, wer ist man denn, sagte Perkeo sich. Doch hatte der Hausherr ihn als Hofnarren bezeichnet statt als Lustigen Rat, was der offizielle Titel war, wie jeder wusste. Das gab bei Perkeo gleich einige Abzüge an der Qualität der Weine, dabei hatte er noch nicht den ersten Schluck zu sich genommen. Wo sind wir nur hingefahren? Zu einem rücksichtslosen Weinbauern und einem unsympathischen Professor. Schon bereute Perkeo, dass er den Pfalzgrafen zu diesem Ausflug überredet hatte. Schien ihm doch alles schiefgelaufen zu sein. Nur hungrig und durstig und nichts Neues erfahren, dafür aber von so einem Weinpanscher herablassend behandelt. Ein verlorener Tag. – Doch sollte der Lustige Rat sich noch wundern.

8.

Chlodwig Krez und seine Frau, daneben ein paar eifrige junge Helferinnen mit verarbeiteten Händen und kräftigen Armen, sie gaben sich die größte Mühe, die noblen Besucher zufriedenzustellen. Und das in ihrem Sonntagsstaat, den weißen Blousons und dunklen langen Röcken beziehungsweise der dunklen langen Hose. Nicht allzu praktisch für die viele Arbeit, die mit den drei hohen Besuchern so überraschend auf sie zugekommen war. Die Ärmel aufgekrempelt, die Röcke immer wieder angehoben, um nicht reinzutreten, wieselten sie um ihre Gäste herum. Dabei verließen sie sich nicht einfach auf die verführerische Wirkung ihres vielgerühmten Rotweins.

„Zunächst eine kleine Stärkung", hatte die Frau des Weinbauern gesagt, und schon kam typisch pfälzische Kost auf den Tisch: Sauerkraut und dunkles Brot mit Leberknödeln und Saumagen. Ein Dampfen und Duften – und ein Schmatzen vor Glück.

„Dazu erst einmal einen leichten Riesling", sagte der Hausherr und prostete seinen Gästen ein Willkommen zu.

Verständlich, dass man beim anfangs etwas gehemmten Tischgespräch zunächst auf die Wagen kam, die draußen abgestellt waren. Man hatte die Rösser im Geschirr gelassen, weil man doch bald wieder aufbrechen wollte. Die kurzen Wintertage ließen das geraten erscheinen. Alle sechs Pferde hatten sofort das Maul in den Futtersack gesteckt, den man ihnen umgehängt hatte. Darum hatten sich die beiden Kutscher gekümmert. Das brauchte man nicht zu sehen, das wusste man. Aber die große Reisekalesche hatte sich im Auge des Pfalzgrafen festgesetzt wie ein aufgewirbeltes Sandkorn, das sich nicht einfach rauswischen ließ. Und die viel zu prächtige Aufmachung des Professors war ein ebenso großes Sandkorn, das in seinem anderen Auge festsaß.

Mit genauso argwöhnisch verkniffenen Blicken, wie sie der Pfalzgraf zeigte, betrachtete Perkeo den galanhaft aufgeputzten Professor. Der Mann der Wissenschaft trug unter dem langen weiten Mantel mit Purpurbesatz nicht den Talar des Heidelberger Professors. Nicht diesen schlichten Umhang in Schwarz mit rotem Besatz, mit weiten Ärmeln, aber ohne Gürtel, ohne Taschen und ohne Knöpfe. Nein, für den Professor musste es ein langschößiger roter Rock sein, der in der Taille von einem breiten goldfarbenen Schal mit dickem Knoten zusammengehalten wurde. Und die langen weißen Hosen steckten in hohen Glanzlederstiefeln. Dazu ein federgeschmückter Soldatenhut nach der neuesten Mode, den er jetzt auf dem leeren Stuhl neben sich liegen hatte.

„Dass wir Heidelberger uns hier begegnen, in der Fremde", hatte Perkeo die Beklemmtheit als Erster überwunden. „So verschieden wir sind, wir hatten denselben Weg, der Professor und wir, unvermeidlich, weil wir exakt dasselbe Ziel hatten. Und dieses Ziel, der Wein, macht alles wieder gut."

„Ja, wenn ich das vorher gewusst hätte, wir hätten mit einem Wagen fahren können", gab der Professor sich sehr verbindlich. „Es wäre mir eine Ehre gewesen, meinen Landesvater in seinem Schloss abzuholen, um ihn mit in meine Kalesche zu nehmen. Ist die doch groß genug. Und auch für seinen Hofnarren wäre noch Platz gewesen.“

Auch er hatte vom Hofnarren gesprochen, statt vom Lustigen Rat. Doppelt beleidigt nahm Perkeo sich vor, von jetzt an nur noch stummer Zuhörer zu sein: Hier stehe ich, – kann aber auch anders. Ich kann mich sogar unsichtbar machen.

„Ihr fahrt vierspännig“, wandte der Pfalzgraf sich an den Professor und ließ es in seinem Tonfall offen, ob das eine bloße Feststellung sein sollte oder ein Frage nach dem Warum oder sogar ein Vorwurf.

„Nun ja, als Vorsitzender der Prüfungskommission der facultas iuris repräsentiere ich sozusagen die Heidelberger Universität, unsere geliebte und hochverehrte Domus Wilhelmiana. Das verlangt selbstverständlich ein entsprechend standesgemäßes Auftreten von mir.“

„Ach, der Vorsitzende, sagt Ihr. Dann seid Ihr der Prüfer der drei Kandidaten, die sich erst letzte Woche Eurem Urteil gestellt haben.“

„Von zweien war ich der Prüfer, nur von zweien. Der dritte Kandidat hat sich meinem Urteil ja entzogen, indem er sich vorher selbst verurteilt hat: zum Exitus.“

„Ja, ein höchst bedauernswerter Fall von Scheu vor einer Prüfung, so scheint mir“, sagte der Pfalzgraf in mitleidigem Ton.

Das war der Moment, da Perkeo nicht mehr in seiner beleidigten Zuhörerposition bleiben konnte. „Scheu vor einer Prüfung¿ Dann muss das aber eine doppelte Portion von Scheu gewesen sein, hatte der Kandidat doch zwei tiefe Messerstiche in der Brust. Beide direkt ins Herz, wie der Hofmedikus und der Oberstjägermeister festgestellt haben. Ich frage mich, wie der schmächtige Kandidat sich den zweiten tiefen Stich ins Herz noch beibringen konnte, nachdem schon der erste Stich tödlich war. Er muss wahrhaftig von doppelter Scheu beflügelt gewesen sein, die ihn zu dieser übermenschlichen Kraftanstrengung befähigt hat.“

„Eine Bemerkung“, meinte der Pfalzgraf dazu, „die mir durchaus überlegenswert erscheint.“

Was Perkeo mit scheinbarem Ernst abtat: „Aber vielleicht hat der Kandidat ja den zweiten Stich zuerst gemacht, dann war der nicht so anstrengend."

„Im Moment, mein lieber Lustiger Rat, geht es um ein sehr ernsthaftes Thema", ermahnte ihn der Pfalzgraf. Worauf er prompt wieder zu hören bekam, was er so ungern hörte: „Hier stehe ich, – kann aber auch anders."

„Was nützt uns da weiteres Fragen und Spekulieren? Tot ist tot", sagte der Professor und wandte sich wieder seinem Weinpokal zu, den er hochhielt, um nachschenken zu lassen.

„Ja, was wissen wir denn schon über die Fähigkeiten, die uns in Momenten der Verzweiflung zuwachsen", wollte Carl Philipp das Thema beenden.

Doch Perkeo ließ nicht locker. „Muss man denn derart verzweifelt sein, wenn man von dem Professor Stegwitz geprüft werden soll?"

„Professor von Stegwitz, wenn ich bitten darf."

„Aber natürlich darfst du bitten, Stegwitz. Die Frage bleibt dennoch dieselbe: Warum ist es zum Verzweifeln, wenn man von dir geprüft werden soll?"

Für einen Moment herrschte Stille, eine Schreckstille. Bis der Pfalzgraf sie beendete mit dem Hinweis: „Genug gegessen, ein Danke für die Hausleute. Jetzt sind wir gestärkt für ein Treffen mit Eurem Roten namens Gänsfüßer". Und direkt an den Weinbauern Krez gewandt: „Führt uns hinüber in Euren Weinkeller." Damit erhob er sich auch schon von der Tafel.

Und den beiden an seiner rechten und linken Seite blieb nichts anderes übrig, als ebenfalls Messer und Gabel hastig auf den blank gescheuerten Tisch zu legen, schnell noch einen letzten Schluck zu nehmen, zum Nachspülen, und aufzuspringen.

In dem geräumigen Weinkeller, der gegenüber in einen leicht ansteigenden Südhang hineingebaut war, herrschte eine andere Luft, eine mehr beseligende als berauschende Weinluft. Entsprechend war dann auch die Unterhaltung. Die Frage, woher der sonderbare Name des viel gerühmten Roten von Oberlustadt komme, konnte Chlodwig Krez nicht beantworten. „Alte Tradition“, meinte er und zog dabei die Schultern hoch wie ein ertappter Prüfling.

„Vermutlich, weil man wie auf Gänsefüßen dahergeht, wenn man zu viel davon getrunken hat“, zeigte Perkeo sich versöhnlich. „Werden wir ja hinterher sehen, nur erst mal her mit dem Gesöff!“

„Er watschelt ja schon ohne den guten Roten daher wie eine Gans“, lachte der Pfalzgraf ihn aus.

„Wie ein Gänserich, wenn ich bitten darf.“

„Aber natürlich darf Er bitten, Lustiger Rat. Die Gangart bleibt dennoch dieselbe: Watschel, watschel.“

Der Pfalzgraf und sein Hofnarr sahen sich für einen Moment mit hochgezogenen Augenbrauen und offenem Mund an und lachten dann los wie um die Wette. Da konnten die beiden anderen, der Professor und der Weinbauer, nicht anders als kräftig mitlachen, wenn sie auch nicht aus demselben Grund lachten, wie der Pfalzgraf und sein Lustiger Rat.

„Wein ist Leben“, japste der Professor schließlich. Der Wein aber bewies in seiner zuverlässigen Art einmal wieder, dass er dem Leben überlegen war. Er lockerte die Zungen und beflügelte die Worte und ließ keinen Gedanken daran aufkommen, dass er aus den Früchten bestand, die man den Reben geraubt hatte, auch keine Erinnerung daran, dass er nur durch brutale Gewalt aus den Trauben ausgepresst worden war. Orakelhaft zeigte die Lethe des Vergessens ihre Wirkung. Man würde sich noch an sie erinnern.

Als es schließlich an das Unvermeidliche ging, ans Bezahlen, – der Pfalzgraf hatte zum Aufbrechen gemahnt –, ließ der Professor seinem Landesherrn natürlich mit vielen Bücklingen den Vortritt. Der zahlte mit Bancozetteln. „Ich habe nicht so tiefe Taschen, dass ich prall gefüllte Geldbeutel mitschleppen könnte“, gab er ungefragt als Erklärung.

„Muss ja auch nicht sein“, kam der Weinbauer ihm freundlich entgegen.

„Zudem muss ich doch“, fuhr der Landesvater fort, „die Kölner Bank unterstützen, die vor Jahren auf Vorschlag meines Bruders Johann Wilhelm, den die Leute nur immer Jan Wellem nannten, gegründet wurde, um den Geldverkehr zu erleichtern."

„Ja, den Trick, ungehemmt Schulden zu machen, muss ich mir merken", warf Perkeo ein. „Einfach selbst eine Bank gründen, die mir dann Geld leiht, so viel ich brauche."

„Ihr sprecht von der Kölner Banco di gyro d'affricatione, Hoheit, wenn ich recht gehört habe", mischte sich der Professor in die Zahlungsabwicklung ein. „Was diese Bank erfunden hat, das ist ja ein höchst modernes Instrument des Finanzwesens. Papier als Geld statt der schweren Münzen in Gold und Silber und Kupfer. Das Reichskammergericht in Wetzlar hat unlängst sogar in einem Urteil bestätigt, ich glaube, das dürfte kaum fünf Jahre her sein, dass die Bancozettel der Kölner Bank von jedermann als Zahlungsmittel akzeptiert werden müssen. Jetzt gibt es also Geld in Form von Geldscheinen, das ist fast schon der Beginn einer neuen Ära."

„Von meinem Landesherrn hätte ich die Bancozettel auch ohne das Reichskammergericht akzeptiert", knurrte ihn der Weinbauer dafür an.

„Ich persönlich", hörte der Professor einfach darüber hinweg, „ich bevorzuge nach wie vor die klingende Münze im Beutel. Und es ist ja nicht nur der feine Klang, es ist auch der Duft." Dabei kramte er zwei prall gefüllte Beutel aus den tiefen Taschen seines Mantels, der hinter ihm auf dem Stuhl hing, und hielt sie sich abwechselnd an die Nase. „Geld stinkt nicht, da hatte der alte Römer recht, ich komme gerade nicht auf seinen Namen, aber es duftet so gut."

„Es ist ja wohl das Leder, das duftet, und nicht das Gold oder Silber oder Kupfer", tat der Weinbauer diese Schwärmerei kurz ab, nahm dann aber gern die beiden Beutel mit Münzen als Bezahlung für das Essen und Trinken und die Gemäße an, die seine Leute inzwischen in der Kalesche des Professors verstaut hatten. „Das hier ist ein Schweinslederbeutel, das sieht und riecht man", sagte Krez und hielt dabei die Beutel hoch, „und das da ist ein Hirschlederbeutel, wenn mich nicht alles täuscht."

„Nein, du täuschst dich nicht, Bauer", kam Perkeo ihm zu Hilfe. „Du hast einen sicheren Blick und eine gute Nase für Leder. Das eine Leder ist Schwein, das andere ist Hirsch, kein Zweifel."

„Das sagt der Fachmann", ergänzte der Pfalzgraf diese Auskunft. „denn der Lustige Rat hat als junger Mann in Innsbruck bei seiner Ausbildung zum Knopfmacher gelernt, alle Stoffe und Leder und Pelze zu unterscheiden, mit denen die Knöpfe überzogen wurden. Auf dem Gebiet kann man ihm nichts vormachen."

„Auf anderen erst recht nicht", warf Perkeo ein, „weil nicht nur Knöpfe mit Allerlei überzogen werden, sondern auch die Menschen sich so mit feinen Stoffen, mit Leder und Pelz überzogen präsentieren. Als Knopfmacher fühle ich und weiß ich, was daruntersteckt, tierisches Horn oder hartes Holz oder ein schöner Kiesel oder nur dünnes Blech – und ich sehe beim ersten Blick, zu welchem Knopfloch welcher Knopf partout nicht passt." Eine so selbstbewusst wie ein Gutachten vorgetragene Äußerung, die den Professor erblassen ließ.

Doch gab es für diese Rede von den beiden anderen Zuhörern, dem Pfalzgrafen und dem Weinbauern, spontanen Applaus. Das war etwas, das Perkeo nicht erwartet hatte und deshalb nur mit einem verlegenen Kopfnicken quittierte. Ich habe doch nur so allgemein über den Beruf des Knopfmachers gesprochen, überlegte er. Dass der Professor davon blass wird, ist doch zu komisch. Er hat also gemerkt, dass er mir nicht gefällt. Dabei weiß ich nicht einmal, was mir an ihm nicht zusagt. Dass mir seine Nase nicht passt, wie die Leute so sagen, das jedenfalls ist es nicht. Die Nase ist ja ganz normal. Aber sein Auftreten und die ganze Aufmachung – nun ja.

Immerhin endete so der Besuch im Weingut Chlodwig Krez, der mehrfach in Streit auszuarten drohte, doch noch in friedlichem Einvernehmen. – Allerdings bleibt bekanntlich nichts, wie es ist.

9.

Es war am späteren Nachmittag, es würde also schon bald beginnen zu dunkeln, als die kleine Berline vom Hof des Weinbauern Krez rollte, in Richtung Heidelberg. Den Professor mit seiner viel schnelleren Reisekalesche hatte man vorfahren lassen. Nur weg mit ihm. Weder der Pfalzgraf noch Perkeo hatten sich mehr als gerade nötig mit dem Mann unterhalten, der so großspurig auftrat. Der war längst aus dem Sinn, auch schon kein Gesprächsthema mehr, als der Pfalzgraf unterwegs kurz entschlossen entschied: „Der Tag ist zu kurz und der Weg zu lang, deshalb werden wir nur bis Speyer fahren und dort im Palast des Bischofs die Nacht verbringen."

„Schade", maulte der Hofnarr, „ich hätte mir gut vorstellen können, die Nacht in dem geräumigen Haus des Weinpanschers Krez zu verbringen. Mit dem Weinkeller gleich gegenüber und all den eifrigen Mädchen in weißen Blusen, die er beschäftigt, viel einladender als so ein Bischofspalast mit all dem frommen Getue – und dann bloß Messwein."

„In Oberlustadt übernachten, das ging nicht", ging Carl Philipp ernsthaft auf diese Klage ein. „Dort ist alles protestantisch. Morgen ist doch Sonntag. Der dritte Adventssonntag sogar. Wo da in die Kirche gehen und die Heilige Messe feiern?"

„Verstehe, Pfalzgraf. Es ist das alte Lied: Das Leben lässt sich jede Freude, die es uns gewährt, doppelt bezahlen, erst mit Geld und dann auch noch mit Mühsal."

„Nichts Mühsal. Der Bischof, ich kenne ihn recht gut, ist ein freundlicher, sehr angenehmer Mann. Er wird sich über unseren Besuch freuen und uns entsprechend verwöhnen."

„Weil ihm nichts anderes übrig bleibt. Jetzt sind wir seine Mühsal, weiß der Teufel, für welche Freude er damit zahlt."

„Sehr witzig. Aber nach der genossenen Freude zu fragen werden wir uns nicht erlauben. Verstanden, Lustiger Rat?"

„Verstanden, Pfalzgraf."

Damit war Perkeo auf die Grenzen seiner Narrenfreiheit hingewiesen worden, was zum Glück höchst selten geschah. Der katholische Glaube an Gott, dem der fromme Pfalzgraf anhängt, ist tabu, hatte er verstanden. Damit offenbar auch das höhere Personal, das diesem Gott diente.

Der Abend im Palast des Bischofs, gleich gegenüber vom Speyerer Dom, wurde dann auch wie erwartet. Immer wieder Eminenz, Eminenz, Eminenz und Hochwohlgeboren, Hochwohlgeboren, Hochwohlgeboren. Der Pfalzgraf freute sich über den freudigen Empfang, und der Bischof freute sich über den noblen Besucher. Sein Hofnarr durfte bloß ein wenig über den Messwein lästern, der ihm nicht schmeckte.

Die Herren sprachen über die Trennwand in der Heidelberger Heilig-Geist-Kirche. Daran wollte Perkeo sich nicht beteiligen. Der ganze Frommkram war nichts für ihn. Allzu fromm sind die Leute wohl auch nicht, die man mit einer hohen Wand in der Kirche auseinanderhalten muss, überlegte er. Die Katholiken hatten den Chorraum der Kirche für sich, erfuhr er, die Protestanten, die viel zahlreicher waren, hatten den großen Kirchenraum zugeteilt bekommen. So hatte der Vorgänger von Carl Philipp, sein Bruder Johann Wilhelm, die langen Streitereien der Religiösen in Heidelberg zu schlichten versucht. Was Perkeo amüsierte. War das doch ein Versuch, der nur halbwegs gelungen war, denn es gab nicht nur die zwei Parteien in Heidelberg, die sich nicht leiden konnten, es gab daneben auch noch die Calvinisten. Das waren die Protestanten, die alles auf die Spitze trieben. Und inzwischen hatten die Jesuiten sich in Heidelberg breitgemacht, die ebenfalls alles auf die Spitze trieben. So jedenfalls hörte sich das in dem Gespräch des Bischofs mit dem Pfalzgrafen an. Nichts Reizvolles für Perkeo. Für Menschen, die das Leben ernster nahmen als ein gutes Essen und einen exzellenten Wein, hatte er nichts übrig.

„Ich wusste nicht, als ich mich zum Hofnarren machen ließ, dass es schon so viele andere Narren in Heidelberg gibt“, warf er als seinen Kommentar hin und schaute gelangweilt aus dem Fenster auf die gewaltig große, dunkle Kulisse des Speyerer Doms. Der Glaube kann verdammt bedrohlich sein, hätte er beinahe gesagt, schwemmte er jedoch mit einem langen Zug Wein hinunter.

Doch das Abendmahl, das man ihnen bot, da waren die beiden Besucher sich wieder einig, lohnte den Besuch. Es könne durchaus mithalten mit dem, was die Köche auf dem Schloss an Köstlichkeiten bereiteten, meinten sie hinterher.

Es hatte zunächst nur einen schön gedeckten Tisch mit silbernen Kerzenleuchtern und ein endloses Tischgebet gegeben sowie den Segen des Bischofs für das Essen. Währenddessen stand eine große Terrine mit Suppe vor den Betenden und bot ihnen ihren Duft, bei langsamem Erkalten. Perkeo zappelte unter dem Tisch mit den Füßen wie ein zu lange angebundenes Pferd. Als dann endlich die Kelle geschwungen wurde und die Löffel in Funktion traten, danach auch die Messer und Gabeln, war Perkeo in seinem Element. Er konnte nicht nur trinken für drei, er aß auch für vier. Der Jungschweinebraten in Braunbiersoße war schnell erledigt, auch das Bauernmasthendl verschwand wie von Geisterhand. Die Schalen mit gemischtem Gemüse enthielten ganze grüne Bohnen und Rosenkohl, dazu Schwarzwurzeln. Die feinen Kartöffelchen wurden separat serviert, sie waren ungeschält gekocht, und der Bischof aß sie mit der Schale. Sieh an, die Kirche kriegt nie genug und verträgt einfach alles, hätte Perkeo beinahe gesagt, schluckte er aber hinunter. Es gab Holzofenbrot in Kanten gebrochen, das sich gut dazu eignete, in die Soße getunkt zu werden. Aber Perkeo war beim Brot sehr zurückhaltend, wusste er doch, dass noch Wildgeflügel aus den Waldungen des Bischofs kommen musste und schließlich auch noch feiner Fisch aus seinen eigenen Gewässern. Der Hausherr würde doch die Gelegenheit wahrnehmen zu zeigen, was er besaß. Dafür musste noch Appetit aufgespart bleiben.

Erst als dieses ganze Programm erledigt war, mit viel kräftigem Muskateller hinuntergeschwemmt, und kein bisschen Appetit sich mehr meldete, kam süß gebratenes Nussgebäck auf den Tisch sowie Schmalzgebackenes. Zum Abschluss und für die gute Verdauung dann eine verlockende Obstschale mit Esskastanien und Nüssen sowie Äpfeln, Birnen und Trauben. Frische Früchte, die direkt aus der Eisgrube im Keller des Bischofspalastes kamen.

Auf die Frage, woher er das Eis beziehe, erklärte der Bischof, dass er es aus derselben Grube in der Eifel holen lasse, aus der auch das Eis für die Kühlung der Vorräte des Heidelberger Schlosses geholt werden.

„So haben wir im Eis etwas Gemeinsames", kommentierte Perkeo diese Auskunft. Wozu weder der Pfalzgraf noch der Bischof etwas sagen wollten – oder konnten, weil sie gerade den Mund zu voll genommen hatten.

Als das Essen beendet und die Stühle ein wenig zurückgeschoben waren, um dem Bauch mehr Platz zu gewähren, war klar, dass das abschließende Dankgebet auch dem Bischof galt, der sich so großzügig gezeigt hatte.

Im Übrigen war die Abendunterhaltung, bei der sich Perkeo nicht davonstehlen konnte, weshalb er sich auf die Weine konzentrierte, für ihn öde bis endlos öde und unendlich öde. Denn es ging um die Behauptung des Bischofs, der sich als der gute Hirte seiner Gläubigen bezeichnete, dass auch die anspruchsvollste Ethik die Zehn Gebote nicht ersetzen könne. Und es gab offenbar massenweise anspruchsvolle Ethiken.

„Jeder Beruf prägt", meinte der Hofnarr dazu. „Der gute Hirte denkt schon bald wie seine Schafe." Doch sogar diese freche Bemerkung blieb ohne jede Resonanz. Perkeo hatte an diesem Abend keinen Erfolg.

Das Frühstück am nächsten Morgen war ebenfalls exzellent, wenn auch für den Hofnarren etwas sehr früh. Doch dann kam, was Perkeo als die Bezahlung mit Mühsal bezeichnete: ein zweistündiges Hochamt in dem eiskalten Dom mit einer langen Predigt des Bischofs, in der er das unendliche Warten und Hoffen der Israeliten auf den sie erlösenden Messias schilderte. Das konnte der Bischof so eindringlich ausmalen, dass Perkeo die Ungeduld der Israeliten körperlich nachempfinden musste und nicht mehr ruhig sitzen konnte.

„Was ist mit Ihm?", flüsterte der Pfalzgraf ihm zu.

„Ich muss mal", flüsterte Perkeo zurück.

„Ich auch. – Also schleichen wir uns hinaus. Der Herr wird Verständnis dafür haben."

„Ja, immerhin ist er es ja, der uns so dringend müssen lässt. Wenn er uns wirklich nach seinem Bilde geformt hat, wie ich gelernt habe, dann weiß er ja, wie die volle Blase drückt."

„Psst!"

Die beiden eilten um den Dom herum. An der von der Stadt abgewandten Chorseite war kein Mensch zu sehen. Dort fanden sie einen Mauerwinkel, in dem sie ihr Wasser loswerden konnten.

„Ein Glück, die Leute sind alle in der Kirche, um mich und Ihn zu sehen, Lustiger Rat. Dadurch sind wir hier unbeobachtet."

„Ja, so kann's gehen im Leben."

Für den Lustigen Rat war die von den Israeliten erhoffte Erlösung erst gekommen und wurde es endlich wieder lustig, als er gegenüber Carl Philipp in der kleinen Berline Platz genommen hatte.

„Je enger, umso gemütlicher", hatte Perkeo gelacht, als der Pfalzgraf jeweils ein paar Flaschen Rotwein in den vier Sitzecken des Wagens verstauen ließ. Das Fässchen Gänsfüßer, das er gekauft hatte, kam mitten in den Wagen. So konnte der Pfalzgraf nur breitbeinig dasitzen, das Fässchen zwischen den Schenkeln. Perkeo musste seine kurzen Beine auf das Fass legen. Deshalb trat er bei jeder Bodenwelle, über die der Wagen fuhr, mit seinen extraharten Schuhen dem Pfalzgrafen gegen den stark vorgewölbten Bauch, was den jedes Mal schmerzhaft das Gesicht verziehen ließ.

„Du solltest den Bauch einziehen, Pfalzgraf, wenn dir das unangenehm ist."

„Einfacher wäre, Er würde diese unangenehm harten Schuhe ausziehen."

„Wünsch dir nur das nicht, Pfalzgraf. Weil du die Nase gar nicht hoch genug tragen könntest, würdest du sofort zum Kutscher auf den Bock flüchten müssen."

Und der Wagen, der rollte. Zunächst nach Altrip, weil die beiden sich von dort mit der Rheinfähre nach Mannheim übersetzen ließen, und dann auf gut gebahntem Weg nach Heidelberg.

10.

Perkeo kam vom Torturm zurück, wo er mal wieder mit dem Türmer zusammengesessen hatte. Für ihn der liebste Gesprächspartner, weil der Mann diesen ungewöhnlichen Abstand von allem Alltäglichen hatte, weil er einfach über der Zeit schwebte. Zu schön, wenn er den Hofnarren mitnahm bei diesem Entschweben. Wenn er davon erzählte, wie großartig das Schloss einmal war, wie prächtig. Wie schön auch der Park, der berühmte Hortus Palatinus hinter dem Schloss. Bis der französische König Louis XIV den Befehl gegeben hatte, Heidelberg und sein Schloss zu vernichten. Weil er keine Konkurrenz zu seiner Pracht in Versailles dulden wollte. Gerade neunundzwanzig Jahre war es her, dass er das erste Mal ein großes Heer über den Rhein geschickt hatte, das Heidelberg eroberte und zerstörte. Daneben auch viele andere Städte und Dörfer in der Pfalz und den übrigen Kurlanden.

Und vier Jahre später, als die Heidelberger ihre Häuser gerade notdürftig wieder instand gesetzt hatten, überfielen die Truppen des Sonnenkönigs ein zweites Mal die Stadt. Diesmal hatte der Kommandant der Festung Heidelberg sich feige davongemacht. So gab es keinen Widerstand. Die Franzosen konnten ungehindert die ganze Stadt in Brand setzen. Auch die Universität und die berühmte Bibliothek sowie die Heiliggeistkirche, in die sich die Heidelberger in Massen geflüchtet hatten. Da waren sie dem Himmel nah, aber auch eingeschlossen. Der brutale französische Armeechef ließ die total verzweifelten und um Hilfe schreienden Heidelberger erst aus der brennenden Kirche, als das Dach einzustürzen drohte.

Nicht einmal die viele Meter dicken Wände der trutzigen Türme des Heidelberger Schlosses hatten gegen die Zerstörungswut Schutz bieten können. Die Türme wurden mit Pulver gefüllt und gesprengt. Lediglich der Torturm war stehen geblieben, mit dem Türmer im obersten Geschoss, der die riesige Maschinerie der Turmuhr in Betrieb hielt, indem er die Uhr jeden Tag neu aufzog, mit vollem Krafteinsatz, aber absolut zuverlässig. Der Türmer gehörte nicht zu den Edlen und

Reichen am Hofe, aber er war einer der wichtigsten Männer des Pfalzgrafen. Denn die Kirchenuhren der Stadt lasen die Zeit von der Turmuhr des Schlosses ab. Die immer stimmte. Bis auf den Tag, als das Schloss zerstört wurde. Der Torturm blieb zwar erhalten, aber sein Dachstuhl brannte aus, und durch die Hitze der herabfallenden Hölzer schmolzen die Antriebswellen, und die Uhr blieb stehen. Das hatte es noch nie gegeben.

Das war für die Heidelberger, die sich noch in ihrer zerstörten Stadt aufhielten, ein schwerer Schlag. Auf einmal war die Zeit einfach stehen geblieben. Doch das Leben musste weitergehen und ging auch weiter, ohne jede Zeiteinteilung. Plötzlich gab es in Heidelberg nur noch den Unterschied von hell und dunkel, wie in grauer Vorzeit.

Clemens Perkeo war jedes Mal so beeindruckt von den Erzählungen des Türmers, dass er danach wie aus der Zeit gefallen, einem Schlafwandler ähnlich, zu seiner Kammer zurückschlich. Ohne einen Blick für die Menschen, die ihm begegneten. So auch jetzt. Doch da trat ihm mitten auf dem Schlosshof ein Mann in den Weg, sodass er stehen bleiben musste. Ein Mann, den er nicht kannte. Perkeo hob den Kopf und sah sich den Mann genauer an. Kenne ich ihn vielleicht doch? Ja, das Gesicht habe ich schon gesehen. Aber erst als der Mann seinen Namen genannt hatte: Arendson, da erst wusste Perkeo Bescheid.

„Der Vater“, sagte er.

„Ja, und gerade Euch wollte ich aufsuchen, hoch verehrter Herr Lustiger Rat. Ich bitte um Entschuldigung, dass ich Euch mit meinen Sorgen inkommodiere. Aber ich weiß nicht ein noch aus, seit unser Sohn zu Tode gekommen ist.“

„Ja, jetzt erinnere ich mich. Ich habe dich bei der Beerdigung vor der Friedhofsmauer gesehen. Du bist der Vater des Selbstmörders.“

„Ja, ich bin der Vater von Amelius. Aber der ist kein Selbstmörder. Dazu wäre er nie in der Lage gewesen. Denn er war ein frommer Katholik. Deshalb zu solch einer Todsünde ganz sicher nicht fähig.“

„Selbstmord als Todsünde zu bezeichnen, das ist natürlich überzeugend. Den Tod hat er ja gebracht. Ob er deshalb auch als Sünde zu bezeichnen ist, bleibt aber die Frage", verhedderte Perkeo sich prompt wieder in dem Fragengestrüpp, in das ihn die Sprache der Leute zu schicken pflegte. „Vielleicht hat er sich ja nur die Freiheit genommen, sich – ach, egal. Leider hat sich ergeben, dass immer die uns am stärksten berührenden Dinge den Stempel Sünde aufgedrückt bekommen. Ein Mensch, der nicht gefühllos ist, muss also ständig ein schlechtes Gewissen haben, weil er sich versündigt hat."

„Ja, ja", konnte der Vater des Toten dazu nur sagen. „Aber es geht um das Jagdmesser, das man bei unserem Amelius gefunden hat."

„Ein sehr schönes, ein gutes und teures Jagdmesser, soweit ich mich mit jagdlichen Angelegenheiten auskenne", ergänzte Perkeo mit wichtigtuerischer Miene. Um dann gleich die Frage anzuhängen: „Hast du deinem Sohn das schöne Messer geschenkt?"

„Gott bewahre. Ich hätte nicht das Geld für so ein Geschenk. Und ich wüsste nicht, wozu es ihm schenken. Ein Jagdmesser. Was sollte der Student mit einem Jagdmesser?"

„Woher sonst hatte er es dann?"

„Wie soll ich das wissen? Ich glaube nicht, dass er so ein Messer hatte. So etwas Wertvolles kann er nicht gehabt haben. Das muss ihm einer in die Hand gedrückt haben."

„Vor der Tat oder nach der Tat?"

„Natürlich erst nach der Tat."

„Also war da einer, der ihn ermordet hat und seine Tat wie einen Selbstmord aussehen lassen wollte?"

„Ja, der war es, der ihn ermordet hat. Der hat ihm das Messer gelassen, um den Verdacht von sich abzulenken."

„Und wer sollte das deiner Meinung nach sein? Hatte dein Sohn denn Feinde?"

„Nein, Amelius hatte keine Feinde, mein Sohn hatte nur Freunde."

„Nun, so wird der Pfalzgraf seine Schwierigkeiten haben, den Mörder deines Sohnes zu finden. Er kann nicht jedes seiner Landeskinder zum Verhör laden. Aber ich werde ihm von unserem Gespräch berichten." Damit verabschiedete Perkeo sich: „Pardon, aber ich bin in Eile." Was sogar der Wahrheit entsprach, denn er hatte einerseits schon wieder großen Durst, musste andererseits auch schon wieder dringend das kleine geheime Kabinett aufsuchen.

11.

Clemens Perkeo hatte nicht vergessen, was er sich vorgenommen hatte: Ich muss die schöne Aurelia kennenlernen. Das war nur aufgeschoben worden, weil zunächst noch der Weineinkauf wichtiger schien. Er hatte immer wieder mit dem Problem zu kämpfen, dass ihm nur zweierlei im Leben wichtig war, davon aber das eine so wichtig wie das andere, und dabei schloss das eine das andere meist aus. Diese beiden Ambitionen oder Fixpunkte seines Lebens, wie er sie selbst gelegentlich nannte, waren Frauen und Wein. Oder Wein und Frauen. Was zuerst nennen? Schon bei dieser Aufzählung kam er ins Stolpern. Zum Glück aber nie bei der intensiven Beschäftigung mit dem Wein und auch nie bei der intensiven Beschäftigung mit den Frauen. Bisher wenigstens.

„Eine Frau, die so heftig trauern kann", ermunterte er sich, „die kann genauso heftig lieben."

Diesmal wollte er versuchen, seine beiden Lieblingsbeschäftigungen miteinander zu vereinen. Er schickte einen Boten in die Haspelgasse zu dem Haus, in dem die Schöne eine alte Gräfin betreute, wie er erfahren hatte. Der Bote sollte in seinem Namen der Schönen ein tief empfundenes Beileid zu dem Ableben des Freundes Amelius Arendson aussprechen und dabei zwei Flaschen Gänsfüßer als Kondolenzgeschenk überreichen. Gleichzeitig sollte er die Ankündigung machen, Clemens Perkeo, der Kammerherr und Lustige Rat des Pfalzgrafen und Kurfürsten bei Rhein, werde sie am nächsten Tag persönlich aufsuchen, um zu kondolieren. Er wolle mit ihr über den verstorbenen Freund sprechen, der ihm persönlich bekannt gewesen sei.

Der Plan glückte. Natürlich hatte die Schöne in den vergangenen Wochen schon viel von den Späßen und überlegenen Sprüchen des Hofnarren Perkeo gehört. Seitdem der Pfalzgraf seinen alten Familiensitz, das Heidelberger Schloss, wieder bezogen hatte, mit seinem ganzen großen Hofstaat, sprach man überall von diesem Zwerg, der offenbar der Größte am Hofe des Pfalzgrafen war. Umso mehr war Aurelia jetzt überrascht von der Anteilnahme, die der Hofnarr, immerhin einer von denen da oben, ein Herr aus dem Schloss, ihr entgegenbrachte. Sie konnte nicht anders, als dem Boten ohne alles Wenn und Aber die Antwort geben, sie freue sich auf den Besuch des geschätzten Kammerherrn und Lustigen Rats Perkeo. Aufgrund dieser guten Nachricht verloren in Perkeos hoher Stube im Friedrichsbau an dem Abend gleich wieder drei Flaschen Pfälzer Wein ihre Korken.

Die Vorfreude halt. Sie macht einen trockenen Hals. Dabei hatte der Pfalzgraf es seinem Hofnarren generell verboten, allein in die Stadt hinunterzugehen. Dagegen hatte der sich gewehrt: „Aber so schön und so reizvoll, wie die kleine Stadt in dem engen Neckartal daliegt, wenn ich aus meinem Fenster auf sie hinunter schaue. Wäre ich ein Maler, würde ich sie so malen. Aber da ich kein Maler bin, sondern nur ein Herumtreiber, muss ich sie aus der Nähe erleben, mich in ihr herumtreiben und mich in sie verlieben."

„Aber niemals allein."

„Aber warum denn nicht allein?"

„Wegen der Gefahr, dass Er bei seiner Kürze auf dem steilen Weg zur Stadt hinunter ins Rollen kommt", hatte der Pfalzgraf das harsche Verbot lachend begründet, um ihm seine Schärfe zu nehmen. Hatte dann aber doch noch erwähnt, es treibe sich manchmal allerlei unordentliches Volk da unten herum. Da sei man nie seines Lebens sicher. Damit war das Thema für Carl Philipp erledigt. Der Herr hatte ein Verbot ausgesprochen. Das musste genügen.

„Alles egal, zu einer schönen Frau, die man gewinnen will, geht man als Mann allein", hatte Perkeo sich jedoch oft genug vorgesagt, um sich Mut zu machen. Dann hatte er beschlossen, sich einfach über das Verbot hinwegzusetzen. Ich bin ja auch schon zu dem Bergfriedhof gekommen. Also werde ich jetzt zu der schönen Trauernden gehen. Um sie zu trösten und ihr zu neuer Freude am Leben zu verhelfen.

Wie gut, dass der so gern überall im Schlossbereich herumstreifende Hofnarr in seiner Neugier vor Tagen schon einmal die kaum zu erkennende Bodenklappe geöffnet hatte, die er in einem nicht genutzten, schmutzigen Kellerraum unter dem Friedrichsbau entdeckt hatte. Dass die noch keiner aufgemacht hat, wunderte er sich. Aber verständlich, die Herren, die den Kopf so viel höher tragen als ich, die können die feinen Ränder der Klappe nicht sehen. Und den kleinen Eisenring zum Öffnen erst recht nicht, weil der von dem Rattendreck zugedeckt war, in den ich aus Unachtsamkeit getreten bin. Dadurch bin ich zum Entdecker geworden, gratulierte Perkeo sich. Das zeigt, man muss dem Boden nahe sein wie ich, um seine Geheimnisse aufzudecken.

Unter der Klappe hatte sich zu seinem Erstaunen ein Gang geöffnet, der mit einer steilen Treppe nach unten führte. Nur ein erstes kleines Stück hatte er sofort erkundet. Dann war der Gang zu dunkel, sodass er umkehren, die Klappe wieder schließen und den Rattendreck mit den Schuhen zurück auf den Eisenring schieben musste. Jetzt aber hatte er sich mit einer Laterne versehen, in der eine große dicke Bienenwachskerze brannte. Damit stieg er beherzt in die Unterwelt, in der Hoffnung, auf dem alten, längst vergessenen Fluchtweg der Schlossherren, denn nur darum könnte es sich handeln, in die Stadt zu gelangen.

Oh verdammt, diese Unsicherheit, dieses heftige Herzklopfen, das Zittern der Laterne in der Hand. Perkeo beobachtete sich selbst recht kritisch auf diesem ihm ungeheuer erscheinenden Weg. Und er versuchte, sich selbst zu beruhigen. Dieses Herzklopfen, das ist doch kein Wunder, würde jedem anderen genauso gehen, sagte er sich. Schließlich ist es immer ein Risiko, sich an eine schöne Frau heranzumachen. Doch das Bild der Aurelia, an das er sich dabei erinnerte, ließ ihn mutiger werden und Stufe für Stufe weiter hinabsteigen in das erhoffte Liebesabenteuer. Sie erwartet mich doch, sie freut sich schon auf mich. Er wurde sogar mit jedem Tritt ein bisschen mehr stolz auf sich und seinen Mut. Ich bin der Entdecker des längst vergessenen alten Fluchtwegs in die Stadt, den die Erbauer des Schlosses sich vorsorglich geschaffen haben, um bei einer Belagerung des Schlosses, das war damals ja noch eine wehrhafte Burg, in die Stadt entwischen zu können. Eigentlich schade, dass ich keinem Menschen von diesem Abenteuer berichten kann. Und mir selbst anerkennend auf die Schulter zu schlagen, das genügt mir nicht. Ich weiß ja, dass ich der Größte bin. Aber erst mal weiter und sehen, wohin der Gang mich führt.

Also, ermunterte Perkeo sich, nur immer weitertappen durch diese ewige Dunkelheit, immer dem Lichtschein folgen, den die Laterne in der ausgestreckten Hand zeigt. Aber dass Dunkelheit so stinken kann, wunderte er sich. Na ja, die uralte Luft, die ich hier einatme. Auf einmal wurde es ein wenig hell. Auch frischere Luft war zu spüren. Oho, da oben muss ein Loch sein, ein Felsspalt, den die Erbauer dieses Fluchtwegs offen gelassen haben. Schon wieder vorbei. Wieder in diesen dicken Brei von Dunkelheit und stickiger Luft hinein. Nur immer weiter gehen.

Dann war die in die Tiefe hinunter führende Treppe zu Ende, und es ging auf derselben Höhe bleibend weiter. Jedoch nicht lange, dann endete der Gang. Perkeo stand vor einer Stahltür mit einem schweren Querriegel. „Oh, verdammt. Ende. Deshalb ist mir kein Mensch begegnet.“ Und konnte nicht einmal selbst über seinen Scherz lachen. Perkeo glaubte, die ganze Mühe sei vergebens gewesen. All die für seine kurzen Beine viel zu hohen Stufen vergebens runtergehangelt. Schon wollte er sich und die ganze Welt verfluchen, da stellte er beim unwilligen Rappeln an der Verriegelung fest: Der Riegel lässt sich ja bewegen. Er lässt sich ganz wegschieben. Und die Tür lässt sich aufstoßen. Aha, man darf hier raus, man soll nur nicht von draußen hier rein kommen können. Das ist der

Sinn dieser Verriegelung. Na, besten Dank! Also dann nichts wie raus!

Plötzlich stand Perkeo in so etwas wie einem großen Schrank. Der hing voller Kleider. „Oho, das sind ja Priestergewänder“, stellte er mit Erschrecken fest. Er drückte sich durch diesen Urwald von schweren Stoffen mit all der vielen goldenen und silbernen Stickerei, mit den Bändern und Fransen und Bordüren und Paspelierungen und mit dem widerlichen Geruch nach Weihrauch und alten Männern. Er drängte dahin, wo er die Tür zu dem Schrank vermutete. Es nützt nichts, da muss ich durch, und zumindest zum Abwischen der Hände sind die Sachen gut genug. All der Dreck der Jahrhunderte, den ich beim Abtasten der Wände berührt habe. Scheußlich.

Und schon kletterte der Zwerg aus dem Schrank. Mit erlöstem Aufatmen wieder auf festem Steinboden, in einem sehr hohen Gebäude. Wo bin ich? Oh, verdammt, ich bin in dem staubigen Abseits hinter einem Hochaltar. Das muss die Heilig-Geist-Kirche sein, überlegte er noch, als er Gesang hörte. Ei verflucht, ich bin in eine Andacht geraten. Nichts Fröhliches, nur Frommkram. Der Katholiken oder der Protestanten? Egal, wer singt. Da gibt es für mich nur einen Befehl: Raus hier!

12.

Am nächsten Morgen wurde Perkeo schon ungewöhnlich früh zum Pfalzgrafen bestellt. Und der begrüßte ihn ungewöhnlich unfreundlich: „Er hat sich über mein ausdrückliches Verbot, den Schlossbereich zu verlassen und allein in die Stadt hinunter zu gehen, hinweggesetzt. Und das …“

„Aber ich wollte …“

„Schweige Er! Es war das schon das zweite Mal; dass Er mein Verbot nicht beachtet hat. Ich muss Ihn deshalb daran erinnern, dass Er mein Lustiger Rat nur solange ist und dass Er auch all die vielen Vorteile, die dieses hohe Amt mit sich bringt, nur so lange genießen kann, wie ich meine schützende Hand über Ihn halte. Sobald ich Ihn aus meinem Schutz entlasse, ist Er dem Neid und der Wut seiner Mitmenschen ausgeliefert. Ihn erwartet die Rachsucht all der anderen Höflinge, die Er bei seinen Auftritten beleidigt hat. In solchen Momenten ist schon mancher Hofnarr auf sehr unschöne Weise zu Tode …"

„Aber ich habe doch nur …"

„Schweige Er! Und höre Er, was ich Ihm zu sagen habe. Ich will Ihm nicht Angst machen. Es muss unser Verhältnis auch nicht unbedingt mit seinem Tode enden. Nein. Es gibt immer wieder Höfe, denen ein Hofnarr fehlt. Ich kann ihn von heute auf morgen verkaufen, sogar gegen einen guten Preis. Beispielsweise der Bischof von Speyer hat im Moment keinen Lustigen Rat, und wie er sich mir gegenüber geäußert hat, war er recht angetan von der zurückhaltenden Art meines Hofnarren, aber auch von dem sicheren Urteil über die kredenzten Weine, außer über den Messwein."

„Um Gottes willen, Pfalzgraf, nur das nicht! Nicht zu dieser getrockneten Pflaume, diesem Abführmittel! Das wäre ja noch schlimmer als der Tod."

„Er hat die Wahl."

„Was? Die Wahl zwischen dem Speyerer und dem Tod?"

„Die Wahl zwischen Gehorsam und Ungehorsam."

„Heißt das, du gibst mir noch eine Chance, Pfalzgraf?"

„Nun ja, ich muss zugeben, das Bild von der getrockneten Pflaume als Abführmittel überzeugt. Seine Urteilskraft ist nach wie vor erquickend."

„Danke, Pfalzgraf, ich danke dir!" Dabei warf Perkeo sich seinem Herrn in theatralisch übertriebener Untertänigkeit so heftig auf statt vor die Füße, dass der aufschrie: „Aua! Verfluchter Hund!"

„Ja, dein Hund, Pfalzgraf, stets dein treuer Hund!" Dazu ließ Perkeo ein kräftiges Bellen hören.

Das Verhältnis des Pfalzgrafen zu seinem Hofnarren glich offensichtlich mal dem von zwei Schuljungen zueinander, mal dem eines alten Ehepaars. Falls sie nicht gerade in ernsthafter

Art die Köpfe zusammensteckten, um jemandem eins auszuwischen oder den Pfalzgrafen noch größer erscheinen zu lassen als er ohnehin war. Und so schnell, wie in solchen Verhältnissen ein Hott das Hü ablöst, so schnell war auch zwischen dem Pfalzgrafen und seinem Lustigen Rat wieder alles in Ordnung, sodass die getrocknete Pflaume in Speyer leer ausging.

„Aber – Er muss mir noch verraten, wie Er in die Stadt hinunter gekommen ist. Hat doch niemand gesehen, wie Er den Schlosshof verlassen hat. Und das ist …“

„Das ist ein großes Geheimnis, das ich dir nur preisgebe, Pfalzgraf, wenn du mir dafür sagst, woher du weißt, dass ich in der Stadt war.“

„Meine Geheimagenten sollte Er nicht unterschätzen. Sie haben alles im Blick, was um mich herum und in meiner Residenz geschieht – und auch noch einiges mehr.“

„Aha, die Geheimen fühlen sich jetzt düpiert, weil ich ihnen aus dem Blick geraten bin.“

„Ja, und zwar wie?“

Da musste Perkeo gestehen, dass er den kurfürstlichen Geheimen durch den alten Geheimgang, den Fluchtweg, entwischt ist, von dem immer mal wieder die Rede war, den aber noch niemand gefunden hatte. Er musste ihm versprechen, ihn zu der Klappe in dem ungenutzten Keller zu führen und keinem Menschen sonst von seiner Entdeckung zu erzählen. Und musste seinem Herrn schildern, wie er mit großen Bedenken, dann aber doch immer mutiger werdend diesen Weg erkundet hat und schließlich in der Heilig-Geist-Kirche aus der Unterwelt wiederaufgetaucht war. „Dann bin ich in die Haspelgasse gelaufen, zu der …“

„Das Weitere ist bekannt“, unterbrach der Pfalzgraf den Bericht des Hofnarren, dem er sehr aufmerksam gelauscht hatte. „Meine Geheimen haben mir bereits gemeldet, dass Er zu der Aurelia von Knappersbusch gegangen ist, die in dem Haus der alten und kranken Gräfin von Schwertheim wohnen darf, weil sie die Gräfin betreut. Er hat vorgegeben, einen Kondolenzbesuch zu machen, weil Er ein Bekannter des verstorbenen Freundes der Aurelia sei. Womit Er stark übertrieben hat. Immerhin hat Er auf diese Weise erreicht, dass Er sich mit der Aurelia zu einem vertraulichen Gespräch bei einer Flasche Gänsfüßer zusammensetzen konnte."

„Bei mehr als einer Flasche Gänsfüßer", korrigierte Perkeo ihn.

„Ja, sogar noch bei aus dem Vorratskeller der Gräfin gestohlenem Wein", ergänzte der Pfalzgraf.

„Wie, auch das weißt du von deinen Geheimen, Pfalzgraf?"

„Ja, auch das. Sie haben die Aurelia gleich nach seinem Verschwinden einer Befragung unterzogen."

„Oh, doch hoffentlich keiner strengen Befragung."

„Dazu gab es bei der Aurelia keine Veranlassung."

Das beruhigte Perkeo. Der Pfalzgraf hegt also keinen Verdacht gegenüber der Aurelia. Wie sollte er auch? Seine Geheimen haben zwar gesehen, dass ich zu ihr gegangen bin, aber was wir gesprochen haben, das konnten sie nicht hören. Deshalb konnten sie ihrem Herrn nichts von der sonderbaren Einstellung mitteilen, die Aurelia zu ihrem früheren Geliebten Amelius hat. War bei ihr Liebe in Hass umgeschlagen? In einen so wilden Hass, dass sie zur Mörderin wurde? Soll doch nicht ungewöhnlich sein.

Gerade bei einem aufregenden Gedanken angekommen, wurde Perkeo von dem Pfalzgrafen unterbrochen: „Aber Ihm, mein lieber Lustiger Rat, könnte eine strenge Befragung mit all ihren Unannehmlichkeiten drohen, wenn Er mir nicht sofort von sich aus sagt, um was es bei diesem vertraulichen Gespräch mit der Aurelia ging."

„Trockene Luft hier", hüstelte Perkeo mit angestrengt gerecktem Hals. „Sehr trocken. Über ein Gespräch beim Wein lässt sich doch nur in einem Gespräch beim Wein berichten."

„Recht hat Er." Schon klatschte der Pfalzgraf dreimal in die Hände. Und die herbeieilende Bedienung bekam den Auftrag: „Wein und Gläser!" Daraus entwickelte sich dann ein feucht-fröhlicher Vormittag, der über den Mittag weit hinauslappen sollte. Denn da war so viel zu berichten. Von dem besonderen Reiz der schönen Aurelia, der es dem Hofnarren angetan hatte. Verständlich. Aber auch von ihrer Trauer um den toten Freund, die sie bei der Beerdigung vor der Mauer des Bergfriedhofs beinahe in das Grab hineinfallen ließ. Fast schon unverständlich, ja, übertrieben wirkend. Dann ging es um ihre Vertrautheit mit dem armen Kandidaten, der bereits bei den kostspieligen Gelagen der beiden Freunde nicht mithalten konnte. Er hatte nie Geld genug zum Rauswerfen. Schließlich ging es auch um seine Verzweiflung, weil er glaubte, das Examen nicht zu bestehen, da sogar dafür das Geld fehlte. Schließlich war dann auch von der Bereitschaft der Aurelia die Rede, ihm Geld zu geben. Sie werde ja großzügig alimentiert von der kranken und so dankbaren Gräfin von Schwertheim. Deshalb könnte sie ihm das nötige Geld geben, damit er das Examen schafft.

Das war der Moment, in dem der Pfalzgraf aus seinem Sessel aufsprang und brüllte: „Wie? Was? Soll das vielleicht heißen, dass man an meiner renommierten Universität Geld braucht, um ein Examen zu schaffen?"

Worauf Perkeo betont ruhig antwortete: „Genau das habe ich die schöne Aurelia auch gefragt, nur viel freundlicher."

„Und?"

„Da hat sie mich ausgelacht und gemeint, wer das nicht weiß, sei ein dummer August. Aber dann hat sie gesagt, ich sei ja dadurch entschuldigt, dass ich noch neu bin in Heidelberg. Dass ich deshalb nicht wissen könne, was für eine großartige Universität die Franzosen zerstört haben, und wie die neue Universität erst ganz allmählich wieder in die alten, ihr viel zu großen Schuhe hineinzuwachsen versuche. So viel Verständnis hatte sie für meine Unkenntnis der Heidelberger Verhältnisse, da habe ich ihr das mit dem dummen August nicht mehr verübeln können, und wir haben uns dann den Rest der Nacht sehr gut verstanden. Und wie gut."

„Das heißt also, es soll Bestechung geben. An meiner renommierten Universität zu Heidelberg. Unglaublich."

„Aber wahr."

„Sonderbar, über Fälle von Bestechung haben mir meine Geheimen nie etwas mitgeteilt."

„Deine Geheimen, Pfalzgraf, die gehören ja auch nicht zu den neuen Heidelbergern, wie du und ich."

„Und? Was heißt das?"

„Wenn ich in eine Jauchegrube falle, kann ich nicht erwarten, dass die Scheiße, die darin schwimmt, mir raushilft."

„Er ist sehr drastisch", tadelte der Pfalzgraf ihn für diese Äußerung, „etwas zu drastisch sogar. Aber ich verstehe, was Er meint, und ich werde mich um die Klärung der Verhältnisse kümmern."

„Jauche klären", lachte der Hofnarr los. „Jauche klären, wunderbar. Dazu kann ich nur viel Spaß wünschen!" Und schüttelte sich vor Lachen.

13.

Am Abend fing es an, richtig Winter zu werden: Helle Schneeflocken fielen aus einem Himmel, der nur ein einziges undurchdringliches Dunkel war. Da konnte Clemens Perkeo nicht anders als stumm und starr an seinem Fenster stehen, hoch oben im Friedrichsbau des Heidelberger Schlosses. Nur dastehen und zuschauen. Das Spiel hatte ihn schon als Kind immer fasziniert. Wie die feinen weißen Flöckchen aus dem hellgrauen Gewölk taumelten, zuerst einzeln und zögerlich, als wüssten sie, dass sie auf dem Boden festgetrampelt werden, rettungslos unter die Füße gekommen und schon bald zu Matsch verkommen. Trotzdem immer mehr werdend, bald nicht mehr einzeln zu unterscheiden, schließlich nur noch eine helle Schraffur vor seinen Augen. Und wenn die weg war, das Bild wieder freigegeben, dann hatte sich alles verändert. Als ob jemand die Gelegenheit genutzt hätte, als man nichts sehen konnte, ganz schnell die allzu gut bekannte Welt auszutauschen gegen eine andere, eine weiße Welt.

So auch jetzt. Wo war es geblieben, das Städtchen, das er da unten hingeduckt liegen gesehen hatte? Die schlafenden Häuser, die sich so aneinander gekuschelt hatten, dass sie sich mit den schwarzgrauen Schieferdächern, mal kleinen, mal größeren, mal dahin geneigt und mal dorthin, beim tiefen Atmen leicht hin und her zu schubsen schienen. Mittendrin die große Kirche mit ihrem hohen Turm. Und noch viele kleine Spitzchen auf diesem Haus und auf jenem, die der großen Taube auf der Kirchturmspitze zublinzelten. So noch gestern. Doch nun plötzlich alles zugedeckt von einem weißen Zuckerguss. Perkeos Kiefer klappten auseinander und zusammen, als könnte er hineinbeißen in das so appetitanregend überzuckerte Gebäck.

Da unten ist auch die schöne Aurelia, die Süße. Unter dem Überallweiß. Auch sie jetzt wie überzuckert. So süß, oh verdammt. Und ich stehe hier oben, als wäre ich in die Wolken entführt. So weit abseits vom Leben. Ja, hier stehe ich, – kann aber auch anders. Schon löste Perkeo sich aus seiner starren Haltung am Fenster und öffnete in nachtwandlerischer Sicherheit mit ein paar schnellen Handgriffen eine der Flaschen mit Rotwein. Den Pfälzer Roten haben wir getrunken und uns dabei in die Augen gesehen. Dunkle Augen hat sie, tiefdunkle, schwarze Augen, in die man hineinschaut, wie in einen Brunnen. Nicht zu ergründen, wie tief der Blick geht. Dazu das lange schwarze Haar. Ja, sie habe auch italienische Vorfahren, nicht nur kurpfälzische, hatte sie zugegeben. Ein Geständnis, das kein Geständnis war, dafür klang viel zu viel Stolz mit. Und war doch nur die Vorankündigung für das, was sie dann an Temperament zeigte, als ich ihr mit ein paar italienischen Worten aus dem so beengenden Kleid geholfen hatte.

Was die Frauen aber auch alles um sich packen. Dieser Flatterkram. Das alles einzeln aufzuknöpfen und aus den Verknüpfungen zu lösen, ein endloses Spiel. Wie der Kater mit der Maus. Und gerade das genießen sie, die Frauen. Als ob das Zubereiten des Gerichts das Eigentliche wäre. Ja, deshalb kochen sie so gern. Mir immer noch unverständlich, wie man sich für die Kocherei begeistern kann. Für mich ist das Kochen nur lästig. Ich kann gern auf alle Kocherei verzichten, wenn es nur genügend zu essen gibt.

Aber nein, die schöne Aurelia war doch anders. Diese Ungeduld, mit der sie half, ihr lästiges Gelapps abzuwerfen. Und wie sie sich dann auf mich stürzte. Mamma mia! Das ist mir ja nicht neu, aber so, so wild hat mich noch keine aus den Hosen gezerrt. Immer diese Neugierde, immer wollen sie nur schnell herausfinden: Hat der Kleine nur einen Kleinen oder hat er – und dann immer diese freudige Überraschung. Die schöne Aurelia bot mir eine Tarantella furiosa, da reichten die zwei Flaschen Rotwein nicht, die ich ihr durch den Boten geschickt hatte. Ein Glück, dass sie den Schlüssel zu der Vorratskammer der alten Gräfin hatte. Splitternackt, wie wir beide waren, sind wir durch das Haus gegeistert – die Gräfin schlief ja fest – und haben Wein und geräucherten Schinken rangeschafft. Ein Festessen wurde das. So verschlungen, wie wir da auf dem Kanapee hockten, musste ich mich zurückhalten, dass ich nicht auch noch die schöne Aurelia anbiss und verschlang.

Ja, ich hatte Rücksicht nehmen wollen auf ihren Zustand, als trauernde Beinahe-Witwe. Hatte sie doch gerade erst ihren Liebsten verloren. Doch schien sie das bereits gut überwunden zu haben. „Der Dummkopf, dieser Amelius", sagte sie urplötzlich, „hätte er das Geld angenommen, das ich ihm geben wollte, könnte er jetzt mit seinen Studienkollegen das bestandene Examen feiern."

„Und warum hat er das Geld nicht angenommen?"

„Er war zu stolz, von mir Geld anzunehmen. Weil ich eine von Knappersbusch bin. Er hatte was gegen den Adel, weiß der Teufel warum. Wir sind doch Menschen wie alle anderen."

„Ja, das kann man wohl sagen", habe ich dazu nur sagen können. Und habe gleich noch einmal ausprobiert, ob sie wirklich ist wie alle anderen. – Und sie war so.

Was für ein schöner Abend. Wenn mir auch immer mal wieder ihr toter Freund in den Sinn gekommen war. Der Bedauernswerte. Aber als ich ihn einmal so genannt habe, hat sie das entrüstet zurückgewiesen: „Ach was, der Dummkopf, den brauchst du nicht zu bedauern, weil er im Grab liegt statt auf mir. Der hat es nicht anders verdient. Er meinte, ich wollte ihn mit dem Geld kaufen. Als ob ich das nötig hätte. Da habe ich ihn rausgeworfen. Für so einen habe ich nur noch Verachtung übrig."

Das, erinnerte Perkeo sich, das machte mich dann doch hellhörig, und ich habe gefragt: „Wann hast du ihn rausgeworfen?"

„Vor drei Wochen war das, dass er mir mit so einem dummen Vorwurf kam. Da war meine Geduld zu Ende."

„Das war also noch, bevor er mit seinen Freunden zu mir auf das Schloss gekommen ist, um zu erfahren, ob er das Examen schaffen könne."

„Ja, lange davor war schon nichts mehr mit uns."

„Da war schon nichts mehr mit euch, aber bei der Beerdigung bist du zusammengebrochen vor Schmerz, – zumindest schien mir das so."

„Das musst du nicht so ernst nehmen", kriegte ich da zu meiner Überraschung zu hören. „Ich wollte doch nur, dass die beiden Freunde mich in ihren Armen auffangen. Eine Frau, weißt du, braucht starke Männerarme. Ich kann nicht gut allein sein."

Eine billige Ausrede, hatte ich überlegt, habe aber darauf verzichtet, die Schöne in Verlegenheit zu bringen. Lieber in ihren Armen als ihr im Gespräch überlegen. Deshalb habe ich nur in naiver Art gefragt: „Aber jetzt darf ich die beiden Kandidaten hier vertreten. Oder kommen die beiden gleich noch?"

Das hat sie mit erstaunlicher Offenheit als Unsinn abgetan: „Die kommen nicht mehr. Die haben mir bei unserem letzten Treffen gesagt, sie hätten im Moment keine Zeit für die Liebe. Haben nur immer aufgeregt miteinander getuschelt. Aus diesem Gerede konnte ich aber heraushören, dass sie Probleme haben, weil sie mehr Geld benötigen, viel mehr Geld, für was auch immer. Das haben sie nicht gesagt. Aber dass sie nicht wussten, woher sie es nehmen sollten, das war unüberhörbar."

Ich hatte wohl doch nicht den richtigen Ton drauf, als ich ihr dreist unterstellt habe: „Du hast natürlich angeboten, ihnen aus der Geldnot zu helfen. Wegen der starken Männerarme, nicht wahr?"

„Unsinn", hat sie da losgeschimpft: „Ich will nichts mehr mit Männern zu tun haben. Männer, dieses klebrige Geschmeiß, das wird man ja nicht mehr los. Wenn ich gewusst hätte, wie schwer es ist, den Geliebten zum Teufel zu schicken, ich hätte ihn nie an mich herangelassen. Deshalb nichts mehr mit Männern!"

„Oho, und was ist mit mir?", musste ich ihr da doch entgegenhalten. Ich konnte ihre Schimpferei auf Männer ja nicht gerade schmeichelhaft finden.

Doch dann diese unverschämte Antwort: „Ach, du? – Ja, mit dir ist das doch ganz was anderes."

War wohl richtig, sie nicht zu fragen, ob sie mich nicht als Mann sieht. Überhaupt war sie mir so sonderbar vorgekommen, dass ich mir weitere Fragen gespart habe, zum Glück. Vor allem wollte ich nichts weiter über ihr Verhältnis zu dem getöteten Kandidaten Amelius Arendson hören. Mir war auch egal, wer ihn umgebracht hatte. Nur weg, habe ich mir gesagt. Es gibt Frauen, die heben dich mit ihren weichen Händchen und sanften Stimmchen auf eine Wolke, dass du meinst, du hast jetzt endlich das ganze irdische Jammertal hinter dir gelassen, doch im nächsten Augenblick lassen sie dich – platsch – in die Kuhscheiße fallen.

Perkeo trank immer schneller. Dabei rieb er wieder mit dem linken Daumennagel an seinem Nasenflügel. Wenn ich das meiner Dorothee erzähle, überlegte er, dann kriege ich wieder zu hören: „Bei der Aurelia, das hätte ich dir vorher sagen können, da wirst du Pech haben. Aber du hörst ja nicht auf mich."

Na, gut, aber auf eine Frau hören? Nein, ich doch nicht. „Hier stehe ich, – kann aber auch anders." Dabei hob er seinen Weinpokal und prostete sich zu. Damit war Perkeo endlich wieder mit sich selbst einig. Was nicht wirkungslos bleiben sollte.

14.

Armer Perkeo. Der enttäuschte Liebhaber der Aurelia brauchte seiner Dorothee überhaupt nichts zu erzählen. Die wusste schon alles. Es war am folgenden Morgen, da erschien sie bei ihm. Mit ungewöhnlich kräftigem Anklopfen und energischem Auftreten. Um mit ihm über seinen Besuch bei der Aurelia zu sprechen, verkündete sie schon, kaum dass sie die Tür hinter sich zugedrückt hatte.

„Ja, ich war bei der Aurelia", gab Perkeo denn auch sofort zu. „Ich musste der Trauernden doch ob des großen Verlustes, der sie getroffen hat, mein Beileid aussprechen. Und musste sie zu trösten versuchen. Ja, das natürlich auch. Dafür hatte ich ihr zwei Flaschen Wein geschickt."

Da lachte Dorothee prustend los. Was ihr nicht leichtfiel. Doch hatte sie sich vorher in ihrer Kammer unter Tränen und wilden Verwünschungen zu dem Entschluss durchgerungen, Perkeo den Fehltritt nicht zum Vorwurf zu machen, sondern ihn nur auszulachen. Weil sie wusste, das ist für ihn die härtere Strafe. Vorwürfe bedeuten ihm nichts. Die lässt er an sich abgleiten. So schrecklich selbstsicher, wie er ist. Aber beim Lachen, da ist er empfindlich, hatte sie sich klargemacht. Lachen soll man nur über seine witzigen Bemerkungen, seine Grimassen, seine Hopser und Verrenkungen und über all den Spott, den er für seine Umgebung übrig hat, aber niemals soll sich einer erdreisten, über ihn zu lachen. Denn das kann der von der Natur so ungerecht gestaltete Mann nicht ertragen. Dann ist plötzlich Schluss mit seinem Witz und seiner Schlagfertigkeit. Entweder tritt er dann zu, mit dem extraharten Schuh blitzschnell gegen das Schienbein seines Feinigers, was sehr weh tut, oder wenn das nicht möglich ist, dann verkriecht er sich wortlos.

Aber nun stand sie da, die junge Comtesse, stand da vor ihm in dem neuen Kleid mit den goldenen Tüpfelchen auf Hellblau. Das hatte ihm besonders gut gefallen. Doch jetzt darüber der rote Kopf mit den verheulten Augen und dem wild verstrubbelten hellblonden Haar. Was für einen Anblick bot ihm seine

Dorothee. Und dabei lachte sie, lachte ihn einfach aus. Wohl nicht aus Freude darüber, wie er mit hängenden Armen vor ihr stand und sie mit Hundeblicken von unten ansah und ihr weiszumachen versuchte, er habe doch nur kondolieren wollen. Dorothee lachte und lachte, und Perkeo war völlig hilflos, weil er sich nicht mit dem üblichen Tritt ans Schienbein Luft machen konnte, bei seiner Dorothee doch nicht. Weil er sich aber auch nicht einfach verkriechen konnte. Er war ja schon an seinem letzten Rückzugsort, in seiner Kammer. Aber eben nicht allein. Jetzt stand die Comtesse Dorothee von Laufenburg so groß und selbstbewusst vor ihm und lachte ihn aus.

Das war nicht auszuhalten. So kannte er sie gar nicht. Dabei gehörte das hübsche Kind vom Oberrhein wie viele andere Schönheiten doch schon in Innsbruck zum Hofstaat. Und bereits bei dem zwei Jahre langen Umzug, mit Unterbrechungen in Neuburg an der Donau und dann in Schwetzingen, waren sie sich näher gekommen. Weil sie beide gefühlt hatten, dass sie was voneinander hielten. Sie waren ein Paar geworden, weil sie verstanden hatten: Sie sah zu ihm auf, wenn sie zu ihm hinab sah, und er sah nicht auf sie hinab, wenn er zu ihr aufsah.

Dass sie sich gefunden hatten, war aber kein Zufall. Der Pfalzgraf Carl Philipp legte nicht erst, seit er in Innsbruck seine Frau durch die Blattern verloren hatte, großen Wert darauf, sich in den Augen schöner junger Frauen zu spiegeln – und sich in ihren Armen wohlzufühlen. Deshalb schmückten stets etliche hübsche Adelstöchter als ständige Gäste seinen Hof. Und wenn die sich nicht zu sehr zierten, hatten sie ein schönes Leben und bekamen auch beizeiten eine gute Partie vermittelt. Darin war der Pfalzgraf großzügig. Unterstrich es für ihn doch das Gefühl von Macht, wenn er seine Geliebten und seine Höflinge glücklich machen konnte.

Doch diese junge Comtesse Dorothee hatte sich ihm widersetzt, und das auf eine Art, die er nicht kannte und deshalb nicht erwarten konnte. Sie hatte ihm kurz und klar gestanden, dass sie sich in den Hofnarren Clemens Perkeo verliebt habe und deshalb für ihn, den hochverehrten Pfalzgrafen und Kurfürsten, nicht zur Verfügung sein könne. Das hatte ihm so imponiert, dass er die Ablehnung hingenommen hatte, aber mit der Ankündigung: „Zur Strafe für ihre Widerborstigkeit wird sie mit dem Lustigen Rat verheiratet. Dafür werde ich sorgen."

Das hatte sie nicht erschreckt, vielmehr erfreut. „Danke, ich danke Euch, Hochwohlgeboren", hatte sie gejubelt und war ihm bei einem etwas überstürzten Hofknicks vor die Füße gefallen. Da hatte der Pfalzgraf wenigstens das Vergnügen, der Schönen galant aufhelfen zu dürfen.

Seitdem durfte Dorothee sich sehr konkrete Hoffnungen machen. Aber jetzt dieser Fehltritt Perkeos. Und ihr Entschluss, ihn nur auszulachen. Aus Überlegenheit.

Dorothee lachte mit der Kraft der Verzweiflung, lachte und lachte: „Du mit dieser Aurelia, die gar nichts von dir hält. Die doch nur über dich lacht, kaum dass du ihre Bettstatt verlassen hast. Diese Aurelia, die lacht dich doch aus!" Dorothee lachte und lachte. Und merkte nicht, dass etwas nicht stimmte mit ihrer überlegenen Taktik.

Das konnte Perkeo sich nicht länger bieten lassen. Ich muss den Spieß umdrehen, sagte er sich. Und schon löschte er ihr Lachen aus mit der Frage: „Woher weißt du überhaupt von meinem Besuch bei der Aurelia?"

„Ist doch egal."

„Nein, das ist es nicht. Also von wem?"

„Von einem der Geheimen."

Natürlich ließ Perkeo ihr danach keine Ruhe, bis sie ihm gestanden hatte, wie es zu der Aufklärung durch einen von den Geheimen des Pfalzgrafen gekommen war. Vor allem sollte sie ihm erklären, was sie mit dem Mann zu tun hatte, der zu den Geheimen des Pfalzgrafen gehörte. Weil das doch durchweg Kerle seien, denen man nicht trauen kann.

„Nichts, gar nichts habe ich mit dem Mann zu tun. Der kam ja nur heute früh im Dunkeln zu mir. Der verriet mir seinen Namen nicht, und ich habe ihn auch nicht bei Licht gesehen. Hat er mir nicht erlaubt. Hat mir den Kienspan einfach aus der Hand genommen, als ich ihn an der letzten Glut im Ofen anzünden wollte, um zu sehen, wer da ist."

„Und dann? Was geschah danach?“
„Nichts geschah, überhaupt nichts.“
Dorothee musste ihrem Perkeo dann aber doch gestehen, dass der Geheime einfach zu ihr in die Schlafkammer gekommen war, noch vor dem Morgengrauen und ihr alles haarklein berichtet hatte, was er von der Aurelia über Perkeos späten Abendbesuch bei ihr erfahren hatte.
„Was? Bei dir in der Schlafkammer? Und im Dunkeln?“
„Aber er hat nur zu mir gesprochen, nichts sonst. Das musst du mir glauben.“
Trotzdem schaffte Perkeo es, sich mächtig aufzuregen, zunächst nur über die Dreistigkeit dieses Geheimen, dann aber auch über seine Dorothee. „Eine unverheiratete junge Frau, zu der jeder fremde Mann einfach in die Schlafkammer kommen kann, weil sie ihre Tür in der Nacht nicht verriegelt hat.“
„Aber du wolltest doch, dass ich den Riegel nicht vorlege, damit du jederzeit …“
„Das hat sich ja nun erledigt.“ Damit drängte er sie recht unsanft hinaus, schlug die Tür hinter ihr zu und schob den Riegel vor. Danach brauchte er beide Hände zum Ohrenzuhalten, weil Dorothee hinter der Tür lauthals losheulte.

15.

„Immer Ärger mit den Weibern“, schimpfte Perkeo noch zwei Tage später vor sich hin. Der Lustige Rat war alles andere als lustig. Ein Trauerkloß, wie er da herumschlich. Ein Bild des Jammers. Doch dann gab es zum Glück eine Abwechslung. Die Schlossküche hatte gemeldet, dass das Fleisch knapp werde. Fleisch aber war das A und O der kurpfälzischen Kochkunst. Was sollte man mit dem Brot und dem Wintergemüse und den Nüssen und Esskastanien anfangen? Wie sollte man die feinen Kartöffelchen servieren, wenn man kein Fleisch dazugeben konnte? Was nützten die delikatesten Soßen ohne das Fleisch, über das man sie gießt? Zwar konnte man mit den Gänsen, die man sich in Mengen hielt, manche Mahlzeit strecken. Auch mit den Stallkaninchen. Aber wo blieb dann die deftige Abwechslung? Was her musste, das war Wildschwein, und zwar möglichst bald. Deshalb eine Alarmmeldung an den Schlossherrn.

Carl Philipp bestellte sofort den Oberstjägermeister Ludwig Anton von Hacke zu sich, um mit ihm zu besprechen, wie die unerwartet aufgetretene Notlage in der Küche schnellstens beseitigt werden könnte. Der Freiherr von Hacke war keiner der in Scharen am Hofe herumlungernden und nicht ganz ernst zu nehmenden Höflinge. Keiner von denen, die sich ständig an den Pfalzgrafen herandrängten, um liebedienernd ganz schnell zu allem Ja sagen zu können, was der Pfalzgraf feststellte oder befahl. Der Oberstjägermeister lebte meist in Trippstadt. Dort hinten im Pfälzerwald, nahe bei Kaiserslautern hatte er sein Lehen und in einem schönen Waldschloss auch seine Familie. Das Leben am Hofe mit den vielen Bücklingen und Rivalitäten und gefährlichen Gerüchten mutete er sich nur hin und wieder zu. Jedenfalls so wenig wie möglich. Er war ein Mensch des Waldes, mit der freien Natur verwachsen, aber absolut zuverlässig. Deshalb war er gleichzeitig auch der kurpfälzische Oberstforstmeister.

Der Pfalzgraf wusste, mit dem Mann könnte er das Problem des Küchenchefs schnell aus der Welt schaffen. Denn der Freiherr von Hacke würde nicht um die Sache herum reden. Er würde kurz und klar sagen, was möglich ist und was er dazu braucht. Dann könnte er als der treu sorgende Landesvater die entsprechenden Anweisungen geben. Das wäre mal wieder ein Musterbeispiel von prompter, also guter Regierungstätigkeit. Deshalb, aus heimlicher Renommiersucht, befahl er seinem Hofnarren, bei dieser Besprechung zugegen zu sein. Der durchschaute diese Anweisung sofort. Und es gefiel ihm zu sehen, dass Carl Philipp vor ihm glänzen wollte. Dieses wechselseitige Sich-Wichtig-Nehmen war es, was die beiden so verschiedenen Männer verband wie ein altes Ehepaar.

Dabei hatte der Pfalzgraf nicht mit der Abenteuerlust seines Lustigen Rats gerechnet. Als Perkeo aus dem Mund des Oberstjägermeisters hörte, dass es eine Drückjagd auf Wildschweine geben sollte, war er gleich hellwach. Gejagt werden sollte im großen Odenwald, also in dem bergigen Waldgebiet gegenüber vom Heidelberger Schloss, um das Fleisch in der Nähe zu haben.

„Wo genau soll das sein", fragte er.

„In dem Flurstück, das heißt: Am Weißen Stein", gab der Freiherr freundlich Auskunft.

„Das ist was für mich. Da bin ich dabei."

„Oh nein, da wird Er nicht dabei sein", dämpfte der Pfalzgraf seine Vorfreude.

„Aber warum denn nicht? Ich kann so gut schießen wie deine Jäger. Und ich habe den Vorteil, den Sauen und Ebern auf Augenhöhe zu begegnen."

„Gerade deswegen wird Er nicht dabei sein. Viel zu gefährlich", meinte der Pfalzgraf lachend. „Wenn Er da im Gesträuch steht und seine Flinte lädt, könnte man Ihn versehentlich für eine Sau halten und abschießen. Und wo kriege ich dann einen neuen Lustigen Rat her?"

„Du hättest ja wenigstens Eber sagen können statt Sau", maulte Perkeo.

Der Oberstjägermeister hatte sich bei diesem Wortwechsel nur mit Mühe ernst gehalten. Jetzt versuchte er zu vermitteln: „Die Jagd auf Schwarzwild ist ja wirklich eine recht gefährliche Sache. Dafür setze ich von meinen Männern nur immer die mit der längsten Erfahrung ein. Aber ich könnte den Lustigen Rat, wenn es demnächst wieder auf Rotwildjagd geht, mit auf die Liste der Bevorrechtigten setzen, die sich die Hochsitze teilen. Einen guten Schützen mehr kann ich immer brauchen."

„Hast du das gehört, Pfalzgraf? So freundschaftlich gehen echte Freunde mit mir um, während du mich zur Sau machst."

Darauf ging Carl Philipp nicht ein. Stattdessen wandte er sich wieder dem Oberstjägermeister zu: „Ich habe da noch was, dazu brauchte ich sein fachliches Urteil." Damit klatschte er in die Hände und gab dem Lakai, der prompt erschien, den Auftrag: „Bringe Er das Messer herein." Was auch sofort geschah.

„Das ist das Messer", sagte der Pfalzgraf, „das der tote Kandidat Amelius Arendson in seiner rechten Faust hielt. Mir scheint, das ist ein Jagdmesser. Kann mein oberster Jäger das bestätigen?"

Der Freiherr von Hacke nahm das Messer in die Hand, als wollte er es abwiegen, dabei störte ihn nicht, dass die Klinge noch das angetrocknete Blut des Getöteten trug. Mit fachmännischen Blicken betrachtete er das Messer von allen Seiten, prüfte mit dem Daumen die Schärfe der Schneide und mit dem Daumennagel das Material des Griffs und meinte dann: „Kein Zweifel, Euer Hochwohlgeboren, das ist ein typisches Jagdmesser. Nicht doppelseitig, sondern nur einseitig geschärft. Ein Messer mit geradem Rücken, spitz zulaufend. Ein stabiles und handliches Arbeitsgerät, zum Aufbrechen oder Abnicken des Fangs bestens geeignet, dabei nicht zu schwer und auch nicht zu lang, sodass man es leicht am Körper mit sich führen kann. Und es ist das ein besonders teures Jagdmesser. Der dicke Griff, der gut in der Hand liegt, ist aus Hirschhorn. Und die Klinge ist Toledaner Stahl. Beides ist das beste Material, das es für den Jäger gibt. Meine Jäger, muss ich zugeben, haben nicht so wertvolle Jagdmesser."

„Ein teures Jagdmesser, sonderbar, denn der sich damit umgebracht hat, der war kein Jäger", zeigte der Pfalzgraf sich ratlos. „Der war überhaupt nicht zur Jagd berechtigt, weil nicht von Adel, und er war auch kein reicher Mann. Da frage ich mich, was soll man davon halten?"

„Habe ich dir nicht gesagt, Pfalzgraf", griff Perkeo die Frage sofort auf, „das ist ein Jagdmesser, das ein Mann, der nicht von Adel ist, sich weder kaufen kann, noch kann er es finden, geschenkt bekommen oder stehlen. So was passt einfach nicht in die Hand eines Bürgerlichen."

„Wenn mich auch wundert, dass Er so spricht", meinte Carl Philipp dazu, „obwohl Er selbst doch ebenfalls ein Bürgerlicher ist, ich glaube, da hat Er recht. Da stimmt was nicht. Und Er sollte sich darum bemühen, möglichst bald die Wahrheit über dieses Messer zu erfahren."

„Wer? Ich?", fragte Perkeo leicht verstört.

„Ja, Er!"

„Oh, verdammt! Was habe ich damit zu tun?"

„Ab sofort sehr viel", sagte der Pfalzgraf in strengem Ton. „Weil Er sich so für die Jagd begeistert, soll Er herausfinden, woher der bürgerliche Amelius Arendson so ein edles Jagdmesser hatte, obwohl er kein Jäger war."

16.

Ist doch immer wieder dasselbe, rumorte es im Kopf des Lustigen Rats noch, als er schon wieder in seinem Gemach hoch oben über der Stadt war, am Fenster stand und auf das regungslos daliegende Heidelberg hinabschaute, wie er es so gerne tat. Weil der Blick auf die Stadt hinab so beruhigend wirkte. Diesmal nützte das nichts. Er musste rauslassen, was ihn ärgerte: „Ist doch immer wieder dasselbe: Sagst du was Kluges, bist du im nächsten Moment der Dumme, weil man dich darauf festnagelt."

Also werde ich mich hüten, noch einmal eine kluge Bemerkung zu machen. Aber – in dem Fall war das zu reizvoll. Dem hochwohlgeborenen Herrn ein Schnippchen zu schlagen, indem ich ihm das genaue Gegenteil von dem in Erinnerung rufe, was ich erst wenige Tage zuvor gesagt hatte. Und er merkt es nicht. Er fällt darauf rein. Ja, er hatte wirklich recht, nach der blöden Fragerei der drei Examenskandidaten, als er sagte, er hätte mich auf den Thron setzen sollen. Weil ich immer recht habe. Natürlich wäre das richtig. Aber dann müsste er der Lustige Rat sein, was leider nicht geht. Dafür reicht nicht, was er in dem Kopf hat, den er so hoch trägt.

Perkeo übte vor dem großen Spiegel, den der Pfalzgraf ihm geschenkt hatte, neue Grimassen ein, verzog das Gesicht so einfallsreich, dass er sich kaum noch wiedererkannte, wackelte mit den Ohren, wedelte mit der Zunge in der Luft und stieß dabei allerlei tierische Laute aus. Solche Übungen mussten sein. Immer im Dienst hieß immer bemüht, das Programm zu erweitern, das er seinen Mitmenschen bot. Dabei konnte er engelsgleich unschuldig wirken, aber auch teuflisch verschlagen. Er konnte sich in diebischer Freude präsentieren und in tiefer Trauer, auch mal verträumt oder scheinbar in völliger Verzweiflung vor sich hin fluchend.

Doch dann diese Überraschung: Ein Bote kam und bestellte ihn zu einem wichtigen Gespräch mit dem Pfalzgrafen in dessen Privaträume. „Stante pede soll Er kommen, hat der Herr gesagt."

„Oho, so akademisch?" Wenn der Pfalzgraf einen lateinischen Ausdruck benutzt, überlegte Perkeo, kann das nur heißen, dass es mal wieder um seine geliebte Universität geht. Es ist also nicht so wichtig. Da kann ich mir erst noch einen kräftigen Schluck vom Roten gönnen.

Als er dann endlich beim Pfalzgrafen erschien, im Parterre des Friedrichsbaus, sah er in ein grimmiges Gesicht und konnte sich so richtig freuen: Dem habe ich's mal wieder gegeben. Carl Philipp saß in dem einen der beiden wuchtigen Sessel, die sich gegenüberstanden, mit einem niedrigen Tischchen dazwischen. Für Akten oder Karten, für Briefschaften oder Weingläser mit Flaschen, vielleicht auch mal zum Draufschlagen mit der geballten Faust. Ein Tischchen für alles und jedes, jetzt aber leer. Es gab keine weitere Möblierung bis auf zwei niedrige Kommoden an den Wänden. In diesem Raum für intime Besprechungen, der kleiner Salon hieß, war alles so karg, dass man den Eindruck haben musste, es schreit einen an: Reiß dich zusammen, denn hier geht es nur um das, was besprochen wird, alles andere ist im Gegensatz dazu ohne Bedeutung.

Und diesen Eindruck sollte Perkeo sofort bestätigt finden. Denn der Pfalzgraf überfiel ihn ohne jede Einleitung mit der Feststellung: „Er wird in Kürze heiraten."

„Wer?"

„Na, Er."

„Sehe ich so aus, als wäre ich lebensmüde?"

„Er ist noch jung und unternehmungslustig, behauptet ein guter Schütze zu sein und liebt es, auf die Jagd zu gehen. Also kann Er sich freuen. Denn ich treibe ihm das richtige Wild vor die Flinte, nämlich die hübsche junge Comtesse Dorothee von Laufenburg."

„Mit der habe ich nichts mehr zu tun."

„Aber ich habe ihr versprochen, dass sie heiratet."

„Ja, dann heirate sie doch, Pfalzgraf. Meinen Segen hast du. Ist sowieso nicht gut für dich, ohne Ehefrau zu sein. Zu viele Frauen am Hals sind noch lästiger als die eine im Nacken."

„Um mich geht es jetzt nicht. Ich lebe nach der Devise: Der Löwe ist am mächtigsten allein."

„In Ordnung", erwiderte Perkeo und stand schon auf, „wenn du allein sein willst, kann ich ja gehen."

„Nichts da. Hiergeblieben! – Es hilft alles nichts, mein lieber Lustiger Rat, wir müssen über Seine Verheiratung sprechen. Denn die Comtesse hat mein Wort."

„Das heißt, sie hat sich bei dir eingeschlichen und ausgeweint?"

„Ja, und sie hat sich über Seine Hartherzigkeit beschwert."

„Na, wenn's mehr nicht ist. Aber sonderbar. Sonst lieben die Frauen doch gerade das Harte an uns."

„Und sie hat gesagt: Sie liebt Ihn."

„Ha, die Liebe. Es gibt Menschen, die sind so naiv zu glauben, dass es neben der Eigenliebe noch andere Arten von Liebe gibt. Doch im Laufe des Lebens kommen die meisten dahinter, dass sie an einem Sehfehler litten."

„Jedenfalls täte Ihm durchaus gut, wenn Ihm von einer Frau an Seiner Seite die Flügel ein wenig gestutzt würden. Dann würde Er nicht immer wieder hinausgaloppieren aus seinem Beritt als Lustiger Rat."

„Alle Frauen sind mir recht, solange ich nicht mit ihnen verheiratet sein muss."

Kaum zu glauben, aber es kam dann doch noch ein ernsthaftes Gespräch über die Vor- und Nachteile der Ehe zustande.

Weil die beiden sich schnell darauf geeinigt hatten, Wein und Gläser kommen zu lassen, diesmal sollte es der mit dem Namen „Harthengst“ sein, darauf hatte Carl Philipp bestanden.

„Harthengst für den Löwen, der am mächtigsten allein ist“, hatte Perkeo gelacht.

Als sie bei der dritten Flasche der Meinung waren, der Harthengst sei gut, und sich auch schon so fühlten, wurden ihre Erkenntnisse ebenfalls immer besser.

„Ein Ehepaar“, meinte der Pfalzgraf, „Er weiß ja, ich war verheiratet, also ein Ehepaar, das sind zwei Menschen, die sich freiwillig aneinander fesseln lassen, weil sie am besten wissen oder zumindest zu wissen glauben, wie sie einander Freude machen können.“

Und Perkeo ergänzte: „Pech, dass sie nach einiger Zeit auch wissen, wie sie einander am wirksamsten Wunden beibringen können.“

„Wie kann Er das sagen, da Er doch noch nie verheiratet war?“

„Eben nur, weil ich noch nie verheiratet war, kann ich das sagen. Andernfalls würde ich ja zugeben, dass ich ein Dummkopf bin, weil ich die Ehe einging.“

Der Pfalzgraf lachte. Er hatte sein Vergnügen daran, mit dem Hofnarren zu streiten, und konnte kleine Gemeinheiten gut überhören. „Tue Er nur nicht so groß“, ermahnte er Perkeo nur scheinbar. „Er wird noch erfahren, was die Ehe ist. Um ihn schon einmal darüber aufzuklären: Die Ehe ist natürlich im Falle eines Fehlgriffs ein trostloses Ausnützungsverhältnis, das ist dann sehr bedauerlich, aber im Idealfall ist sie eine Gemeinschaft zum gegenseitigen Nutzen.“

„Und im Normalfall“, führte Perkeo den Satz zu Ende, „ist die Ehe so was wie ein vierhändiger Rückgriff auf die letzten Reste in der Vorratskammer, mit denen man sich bescheidet. Aus der Einsicht heraus, dass das Leben einem mehr nicht bieten wird, weil man selbst ja nichts Besonderes zu bieten hat.“

„Gut gesagt, Lustiger Rat, aber Er kann sich drehen und wenden, wie Er will, jedenfalls wird Er die Comtesse Dorothee heiraten.“

„Vielleicht mal irgendwann, aber nicht jetzt und demnächst. Da bin ich ganz sicher, denn zum Heiraten gehören immer noch zwei."

„Dann wird aber schon zu Weihnachten wenigstens das Verlöbnis gefeiert. Auf meine Kosten. Er braucht sich um nichts zu kümmern. Ich gebe noch heute die Anweisung für alle Vorbereitungen." Damit beendete der Pfalzgraf, halb zufrieden, die Besprechung, und ließ den Lustigen Rat, halb unzufrieden, gehen.

17.

Und auf einmal Schneeflocken, zuerst wieder nur wenige, noch einzelne weiße Wundergebilde. Als würden die Wolken Spione aussenden oder Terrainerkunder oder Quartiermacher. dann kamen sie aber bald auch schon in hellen Streifen. Und im nächsten Moment war nichts mehr zu sehen, weil Perkeo eine milchweiße Wand anstarrte. Es schneite, als wollte der Himmel seinen gesamten Schneevorrat ein für alle Male loswerden. Perkeo stellte sich vor, wie die Heidelberger sich zusammenkuschelten unter einer dicken pelzigen Schneedecke, wie sie sich aneinander festhielten und sich warm hielten. Dabei stand er weit weg und sicher vor dem Schnee hinter der Fensterscheibe, die inzwischen weiß zugepappt war. Kein Blick hinaus mehr möglich.

Hoch über der Stadt stand er, der Lustige Rat, aber ohne jedes Hochgefühl. Weil er allein war. Das machte ihm sonst nichts aus. Aber jetzt fehlte ihm was. Natürlich hatte er schon mit dem schnellen Griff nach einer Flasche Rotwein versucht, dieses lästige Gefühl zu überwinden. Aber diesmal wirkte der Wein nicht wie gewünscht. Die Flasche stand da, vorwurfsvoll, weil nicht einmal halb leer getrunken. Der Hofnarr schüttelte den Kopf über sich, hielt dabei aber beide Hände auf dem leicht gerundeten Bauch und verzog das Gesicht.

„Es nützt wohl nichts, ich muss den Medikus aufsuchen“, sprach er mit sich. Schlug sich dann aber sofort die Hand vor den Mund. „Nur keine Selbstgespräche!“

Viel lieber als hier nur rauszuschauen, dachte er, würde ich jetzt in den Neuschnee hinausstürmen, wie wir es als Kinder in Salurn getan haben. Da wurden in aller Eile Schneebälle geformt, mit eiskalten roten und etwas steifen Fingern. Keine Zeit, darauf zu achten, die Hände anzuhauchen oder in die Hosentaschen zu stecken. Weil wir uns mit den Schneebällen einen wilden Kampf lieferten. Mit großem Geschrei bei jedem Treffer, gleich ob selbst getroffen oder den anderen getroffen. Schneebälle sind wohl die richtigen Waffen zum Einüben all der Techniken, die wir Überlebenskampf nennen. Man lernt das schnelle Zusammenraffen und lernt das Zielen, und man lernt das Wegducken so gut wie das Schmerzertragen. Ja, aber es nützt nichts, der Bauch drückt zu arg, ich muss hinüber zu Doktor von Merck.

Und schon huschte Perkeo davon. Hin zu dem Treppenturm zwischen dem Friedrichsbau und dem Gläsernen Saalbau. „Immer diese Umwege“, schimpfte er. „Nur weil die Bauherren vergessen haben, in diesen prächtigen Friedrichsbau Treppen einzubauen. Die Fassade mit vielen Statuen von großen Menschen geschmückt, drinnen aber wetzt man sich die Beine beim Laufen ab. Typisch, das Äußere sagt nichts über das Innere.“

Von der Hoftür des Treppenturms aus zog Perkeo dann wie ein Fuchs seine Spur über die frische Schneefläche hinüber zum Ottheinrichsbau, in dem der Hofmedikus wohnte und praktizierte. Dort drehte er sich noch vor der Tür einmal um und bewunderte die schöne Fährte, die er hinterlassen hatte. „Die wird gleich wieder zugeschneit, dann bin ich hier inkognito. Gut so. Braucht doch niemand zu wissen, dass auch ein Lustiger Rat mal den Rat des Hofmedikus braucht.“

Als Perkeo dem Hofmedikus seine quälenden Bauchgrimmen geschildert hatte – „nicht erst seit heute“ –, machte der ein bedenkliches Gesicht.

„Der Lustige Rat“, meinte er, „lebt sehr auf seinen Kopf konzentriert, und doch setzt Er den Verstand nicht genügend ein.“

„Zugegeben, ich bin auf den Kopf konzentriert, dabei vor allem auf die Zunge und die Kehle“, ergänzte Perkeo. Dabei schaute er sich neugierig in dem Wohnraum des Hofmedikus um, in dem sie saßen. Schwere Schränke, dunkle Vorhänge und an den Wänden fromme Bilder von Jesus als gutem Hirten und bei der Speisung von viertausend Zuhörern mittels zwei Fischen und vier Broten bei einer Predigt in der Wüste. Also ein Gläubiger, verstand Perkeo. Daneben verrieten etliche Gehörne den Medikus als passionierten Jäger. Das schien dem Hofnarren alles nicht so recht zusammenzupassen. Doch verkniff er sich eine entsprechende Bemerkung. Was ihm selbst gar nicht gefiel. Ach, wohl nur, weil mein Bauch so kneift, entschuldigte er sich vor sich selbst, wurde dann auch schon von seinem Gegenüber aus der Grübelei geholt.

„Wir geben es uns nicht gern zu“, setzte der Medikus zu einem Vortrag an, „aber die meisten Moläste holen wir uns über die Zunge und durch die Kehle in den Leib. Wir essen zu viel, und wir trinken zu viel oder zumindest meist das Falsche.“

„Das Falsche? Was ist schon das Richtige, was das Falsche? Die angebrochene Flasche vom guten roten Gänsfüßer habe ich vorhin beiseitegeschoben. Ich mochte nicht mehr weiter trinken. Da wusste ich, ich bin krank. Denn so was ist mir noch nie passiert. Sage ich mir doch immer: Nie was Halbes machen.“

„Und wann habt Ihr das letzte Mal auf der Latrine gesessen? Ebenfalls nicht für was Halbes, sondern für was Ganzes?“

„Oho, das weiß ich nicht mehr. Das muss sicher schon drei Tage her sein. Vielleicht auch vier.“

„Dann weiß ich, was Euch fehlt. Rizinus. Und das kriegt Ihr jetzt sofort.“

Da konnte Perkeo noch so unwillig und noch so gekonnt das Gesicht verziehen. Er musste das Rizinusöl schlucken. Und er musste sich auch noch sagen lassen, dass er den falschen Wein trinke.

„Was? Wie? Ich trinke den falschen Wein? Aber, lieber Haus-und-Hof-und-überhaupt-Medikus, du willst mich begnadeten Säufer doch wohl nicht über Wein aufklären oder?“

„Doch, genau das will ich. Und das muss ich sogar tun, weil es meiner ärztlichen Pflicht entspricht. Lieber Lustiger Rat, Ihr leidet an Verstopfung. Deshalb ist Rotwein, außer gelegentlich mal ein Gläschen, nicht richtig für euch, denn Rotwein stopft. Dagegen könnt Ihr Weißwein trinken, so viel Ihr wollt, ohne dass er zur Verstopfung führt. Aber das …“

„Ich trinke, was mir schmeckt und wonach meine Zunge gerade lechzt“, unterbrach Perkeo voller Ungeduld den medizinischen Fachvortrag.

„Hört nur weiter, was ich Euch zu sagen habe, lieber Lustiger Rat. Ist ja sowieso alles nur eine Rechnung für einen Besuch mit einem einzigen Bauch. Den richtigen Wein zu trinken und den falschen Wein zu meiden, das ist nur eine Sache. Eine andere ist, sich mehr Bewegung zu verschaffen.“

„Wenn ich nur an all die Treppenstufen denke, die ich hier …“

„Ja, Treppen sind gut, aber man sollte auch hinausgehen, an die frische Luft, durchs Gelände streifen, rauf und runter.“

„Du hast gut reden, Medikus, du kannst dich frei bewegen, wo und wohin du willst. Mich aber will der Pfalzgraf immer in seiner unmittelbaren Nähe haben. Ich bin für ihn so was wie sein Schatten, was ich zwar andersherum sehe, was die Sache aber auch nicht besser macht. Ich darf nicht einmal den Schlossbereich verlassen. Wie soll ich mich da mehr bewegen? Willst du vielleicht, dass ich im Schlosshof immer im Kreis herumgehe, wie in einem Gefängnishof?“

Dieses Lamento führte zu einem unerwarteten Erfolg. Er habe eine Idee, wie Perkeo sich Bewegung verschaffen könne, sagte der Hofmedikus nach kurzer Überlegung. „Und die Idee könnte schon morgen in die Praxis umgesetzt werden. Denn dann steht die große Treibjagd auf Sauen an, bei der ich als Jäger mitmachen werde. „Ich bin ein großer Verehrer des heiligen Hubertus, des Schutzpatrons von uns Jägern. Deshalb kann ich dabei nicht fehlen. Ich werde bei den Schützen sein, zu denen die Wildschweine hingetrieben werden. Und Er, lieber Lustiger Rat, Er kann sich an der Jagd beteiligen, indem Er bei den Treibern mitmacht. So verschafft Er sich Bewegung in frischer Luft. Je mehr Treiber wir haben, die tüchtig Lärm machen und auf die Büsche schlagen, wenn sie den Halbkreis Schritt für Schritt immer enger werden lassen, umso besser."

„Bewegung in frischer Luft? Nun ja, wenn ich auch bei dem anschließenden Festessen und dem Umtrunk Kiefer und Kehle in Bewegung bringen kann, dann will ich die Bewegung in frischer Luft gern in Kauf nehmen."

„Es wird mir eine Ehre sein, Euch nach dem Halali an meiner Seite zu haben. Wenn Ihr mit mir vorliebnehmen wollt, quasi als Ersatz für unseren Herrn, den hochedlen Pfalzgrafen, der morgen leider nicht an der Jagd teilnehmen kann."

„Abgemacht."

18.

Der Aufbruch war für sechs Uhr in der Frühe angesetzt, damit die Jagd bis Mittag beendet werden könne. Einfache, warme Kleidung, der wildes Gesträuch und Dornen nicht viel ausmachen könnten, war angeraten. Dazu gehörten hohe Stiefel und Pelzmütze. Perkeo sollte in dem viersitzigen Pferdeschlitten des Hofmedikus seinen Platz haben, und zwar neben einem anderen Jagdgast, der Treiber sein werde. Seine Flinte könne er dabeihaben, doch sei er nicht als Schütze eingeplant, sondern ebenfalls als Treiber. Die Flinte könne er also nur einsetzen, wenn es einem der Wildschweine einfallen sollte, sich umzudrehen und den Treiber anzufallen.

Das hatte Perkeo gefallen, und so stand er nun, pünktlicher als es seine Art war, noch vor Sonnenaufgang bei der großen Remise mit den Kutschen und Schlitten bereit, um den Winter einmal auf andere Weise zu erleben. Es hatte auch in der

Nacht weiter geschneit. Noch beschien nur ein scheuer Mond die zugeschneiten Wege. Eine Jagd war für Perkeo nichts Neues, aber bei Tiefschnee und mit der langen Anfahrt per Pferdeschlitten, das versprach ein besonderes Erlebnis zu werden. Und das Erlebnis begann tatsächlich schon unmittelbar vor dem Hinaufklettern auf den Schlitten und dem Sich-Einhüllen in die schweren Pelze. Nämlich als der andere Treiber ihm als Herr von Merck vorgestellt wurde. „Mein Neffe", wie der Hofmedikus sagte.

So kurz die Begrüßung war, so flüchtig die Blicke einander abschätzten, dem Hofnarren kam der Treiber sehr ungewöhnlich vor. Man will mich wohl zum Narren halten, überlegte er. Der da in derber Männerkleidung vor ihm in den Schlitten stieg, war offensichtlich kein Mann. Diese ungelenken Kletterbewegungen der Beine mit den breiten Schenkeln, diese wenig kraftvolle Art zuzupacken und sich an dem Gestänge hochzuziehen, für Perkeos geübten Blick waren das deutliche Hinweise: In der Verhüllung steckt eine Frau. Da blieb ihm nur noch zu hoffen, dass es wenigstens eine junge Frau wäre. Das werde ich ja schnell heraushören, sobald wir ins Gespräch kommen. Und die Schlittenfahrt wird lang genug sein, diese Frau trotz der Dunkelheit allmählich aus ihrer Männerrolle auszupacken, wenigsten verbal.

Und wie schnell Perkeo das gelang. Die hohe Stimme, die sich vergeblich bemüht hatte, nach Mann zu klingen, musste schon bald zugeben: „Ja, ging nicht anders. Man lässt uns Frauen ja nicht mitmachen bei der Treibjagd. Also muss ich als Mann mitmachen."

Als die Frau dann einmal bei einem bemühten Hinausgucken so unvorsichtig war, für einen Moment ihr halb verdecktes Gesicht von der seitlich über dem Bock hängenden Laterne des Schlittens bescheinen zu lassen, war für Perkeo auch klar: Ja, eine junge Frau. Und zudem eine mir nur zu gut bekannte.

„Erstaunlich", sagte er, „dass gerade du, Aurelia, die so wenig von Männern hält, jetzt ein Mann sein willst."

„Oh, verdammt! – Nehme Er es so", antwortete sie und ließ dabei ihr Gesicht unbedeckt, „weil es zu den Schweinen geht, muss ich ein Mann sein. Denn Männer und Schweine gehören zusammen."

„Du musst ja sehr schlechte Erfahrungen mit deinem Liebhaber Amelius gemacht haben."

„Davon kann Er ausgehen."

„Wovon? Geht das vielleicht etwas präziser?"

„Das geht ihn nichts an. Nur so viel: Ich habe nichts gegen Ihn, werter Lustiger Rat. Und wenn ich Männer und Schweine gleichsetze, so betrifft das Ihn nicht. Reicht Ihm das als Erklärung?"

„Natürlich nicht", antwortete Perkeo schnell.

„Mir aber." Damit schob sie die Kapuze wieder über ihren Kopf und halbwegs vors Gesicht, sodass sie nicht als Frau zu erkennen war, und sprach mit mühsam tiefer Stimme: „Ich gehe davon aus, dass Er mein Inkognito wahrt. Wir beide stehen uns ja nicht als Feinde gegenüber. Wir sind Jagdgenossen. Deshalb sollten wir uns jetzt mit der Wildschweinjagd beschäftigen. Wie ich hörte, sollen etliche große Rotten in dem Waldgebiet am Weißen Stein leben, das wir heute aufsuchen. Ich bin sicher, das wird eine gute Strecke. Da soll es prächtige Keiler geben und auch etliche Sauen, die ohne Frischlinge sind. Die sind dann dran."

Der Hofmedikus, der sich bei der Abfahrt zu dem Kutscher auf den Bock gesetzt hatte, ließ anhalten, um in den Schlitten umzusteigen. „Ist doch auf die Dauer zu kalt dort oben", sagte er, als er sich umständlich in die Pelzdecke einwickelte. Aus der dann auch gleich die Frage kam: „Man hat sich inzwischen miteinander bekannt gemacht?"

„Wir kannten uns schon", antwortete ihm die schöne Aurelia.

„Ja, zumindest ein klein wenig", ergänzte Perkeo. „Trotzdem besten Dank dir, Hofmedikus. Ich habe ja was für starke Frauen übrig."

„Ihr habt es gut, Lustiger Rat, weil Ihr noch was mit den Frauen anfangen könnt. Ihr seid noch jung. Bei unsereinem wecken sie nur schöne Erinnerungen. Es ist zum Augenauswischen."

„Die Augen auswischen? Das kann man gar nicht oft genug tun, wenn man endlich klar sehen will." Dabei sah Perkeo wie zufällig der schönen Aurelia ins Gesicht, und die sah ihn wie aus Versehen mit fragenden Augen an.

19.

Wie dem Vater des toten Kandidaten versprochen, suchte Perkeo den Pfalzgrafen auf, wenn auch mit einigen Tagen Verspätung, um von dem Gespräch auf dem Schlosshof mit dem Vater zu berichten. Zunächst hatte er noch keine Lust gehabt, sich überhaupt mit dem Fall zu beschäftigen. Dann aber war ihm eingefallen, dass er die für den Pfalzgrafen sicher wichtige Nachricht erst anbringen sollte, wenn er den Pfalzgrafen wegen eines drohenden Donnerwetters in gute Stimmung bringen müsste. Der Moment schien ihm jetzt gekommen. War doch zu befürchten, dass die Geheimen ihrem Herrn wieder gemeldet hatten: Der Hofnarr hat sich unerlaubt vom Hofe entfernt und an der Saujagd beteiligt. Also erinnerte Perkeo sich schnell an sein Versprechen. Ein Mann, ein Wort, das ist meine Devise – oder zumindest eine von meinen Devisen, die so schnell wechseln können, wie die Tage und Nächte. Immer beweglich bleiben, das habe ich doch schon in Innsbruck in der Clique „Die böse Sieben“ gelernt. Und gerade diese Beweglichkeit schätzt der Pfalzgraf an mir, wie er mir einmal gestanden hat.

Es schien denn auch ein angenehmes Gespräch zu werden. Keine Beschimpfung wegen der Teilnahme an der Wildschweinjagd. Der Fall des getöteten Kandidaten war dem Pfalzgrafen offensichtlich wichtiger. Es ging ja um sein Lieblingsspielzeug, die Heidelberger Universität, an deren gutem Ruf ihm so viel lag.

„Der Vater des toten Studenten ist also überzeugt, dass sein Sohn sich nicht selbst umgebracht hat?“, fragte Carl Philipp jetzt zur Vorsicht noch einmal nach.

„Ja, das ist er.“

„Und Er meint, dieser Vater ist ein ernst zu nehmender Mann?“

„Das ist er sicher. Wie er mir sagte, hat er eine Schweinezucht aufgezogen, die ihn zwar nicht reich macht, aber die Familie ernährt. Vor allem, weil er auch den Vater des Studienkollegen seines Sohnes beliefert hat. Der Vater Coeller sei in der Herstellung von Schweinsleder tätig und damit sehr erfolgreich, viel erfolgreicher als er selbst, hatte er mir vorgestöhnt. Doch sei neuerdings das Schweinsleder nicht mehr so beliebt, weil es vom edler wirkenden Hirschleder verdrängt werde. Aber mit viel Fleiß und Geduld hoffe er, diese Zeit einer Modetorheit durchstehen zu können.“

Der Pfalzgraf hatte zuletzt kaum noch hingehört. Jetzt brachte er die Überlegung an, die ihn abgelenkt hatte: „Wenn der Kandidat sich nicht selbst getötet hat, muss der Mensch gefunden werden, der ihn getötet hat.“

„Ja, so ist es.“

„Nun also, dann suche Er ihn!“

„Ja, ich werde Eure Worte dem Vater sagen, wenn er mir wieder über den Weg läuft.“

„Oh nein, nicht der Vater soll den Mörder suchen. Dazu ist der Mann mir zu sehr selbst betroffen. Der verdächtigt in seinem Übereifer doch jeden. Das Suchen ist jetzt die Aufgabe des Lustigen Rats.“

„Wieso soll das meine Aufgabe sein?“, wehrte Perkeo sich, wobei er sich bemühte, deutlich größer zu erscheinen, wie er da in dem Sessel saß. „Ich bin kein Sucher, ich bin ein Seher.“

„Dann sehe Er das so: Weil Er die drei Kandidaten, die vertrauensvoll zu Ihm gekommen waren, ohne eindeutige Antwort gelassen hat, ist Er ihnen was schuldig. Und diese Schuld heißt: Aufklärung der Untat, die offenbar geschehen ist. Aber darüber haben wir ja schon gesprochen. Das Thema ist deshalb erledigt.“

„Ja, verdammt, genauso fühle ich mich jetzt.“

„Ein anderes und ebenso wichtiges Thema ist sein bevorstehendes Verlöbnis mit der Comtesse Dorothee von Laufenburg. Ein so hübsches junges Weibchen und so klug, Er ist zu beneiden. Ich habe den Termin für euer gegenseitiges Versprechen auf den Abend vor dem Weihnachtsfest angesetzt. Gefeiert wird im Gläsernen Saalbau. Ihr könnt als Gäste einladen, wen Ihr wollt, werdet die Namen aber rechtzeitig dem Zeremonienmeister bekannt geben. Die Comtesse ist schon entsprechend instruiert. Sie hat gesagt, sie freue sich."

„Wie? Worauf freut sie sich?"

„Natürlich auf die Feier", lachte der Pfalzgraf seinen Hofnarren an, dessen Miene sich dabei verdüsterte. Deutlich zu sehen, dass Perkeo eine andere Antwort erwartet hatte. „Und auch ich freue mich auf die Feier. Habe ich mir doch schon eine Überraschung für meinen Lustigen Rat ausgedacht."

„Mir reicht die Überraschung, die du mir mit dem Auftrag geboten hast, mich um den Fall des getöteten Kandidaten zu kümmern. Passt mir ganz und gar nicht. Was gehen mich die Toten an? Ich bin dazu da, den Lebenden Spaß zu machen."

„Wie Er dreinschaut, zum Totlachen", amüsierte sich der Pfalzgraf über seinen Lustigen Rat.

„Wenn du mich nur auslachen kannst, dann: Bis demnächst!"

Perkeo war schon in der hastig aufgerissenen Tür, als der Pfalzgraf ihm hinterher rief: „Ich kann ihm auch noch einen guten Rat geben, meinem unlustigen Rat: Versöhne Er sich nur schnell mit seiner Comtesse! Andernfalls steht Er an dem Abend des Verlöbnisses im Gläsernen Saalbau dumm da."

„Ich werde an dem Abend überhaupt nicht im Gläsernen Saalbau stehen."

„Wenn Er meint, Er könne sich verstecken, dann irrt Er sich. Meine Männer haben Ihn immer im Blick. Die werden Ihn holen, werden Ihn auf Händen in den Saal tragen und seiner Dorothee vor die Füße werfen. Ein Verlöbnis einmal so zu feiern, das wird ein besonderer Spaß. Dafür wird Er viel Applaus bekommen."

Der Comtesse vor die Füße geworfen zu werden, vor allem feierfröhlichen Volk, das war eine Drohung, die selbst ein so vielseitiger Spaßmacher wie Perkeo nicht einfach in den Wind schlagen konnte. Ich bin Ritter und Kammerherr und Lustiger

Rat, ich bin die rechte Hand des Pfalzgrafen und seine bessere Seite, ich bin sein Helfer in allen Schwierigkeiten und sein Tröster in Trauer, sein Anreger, wenn er nicht weiter weiß, ich bin sein liebster Begleiter und seine angenehmste Gesellschaft, ich bin sein Ein und Alles. – Und mich will er der Comtesse vor die Füße werfen lassen? Nein, dann werfe ich mich doch lieber wieder an ihre Brust.

20.

Die Geheimen wurden dem Lustigen Rat zum Problem. Bei seinem Fehltritt Saujagd war er ihnen ganz sicher aufgefallen. Aber gegenüber dem Pfalzgrafen hatte er sie mit einer wichtigeren Meldung ausgetrickst. Bei der nächsten Gelegenheit würden sie deshalb wohl umso besser aufpassen, um ihn ans Messer zu liefern. Darüber musste er einmal in Ruhe nachdenken. Also erst einmal eine Flasche Wein entkorken. Diesmal Weißwein, dem Hofmedikus gehorchend. Der sieht es ja nicht. Perkeo schenkte sich vom Pfälzer Riesling ein mit der freundlichen Bemerkung: „Bitte sehr, der Herr, wohl bekomm's!" Er ließ den ersten Schluck nur langsam über die Zunge in die Kehle rollen und stützte dann den Kopf in Denkerhaltung auf die Hand. Vielleicht hilft das, überlegte er.

Diese Männer, die man nicht sieht, und deren Gesichter niemand kennt, die auch keine Namen haben, die genießen das Vertrauen des Pfalzgrafen, und auf die verlässt er sich. Die lässt er sogar mich beobachten und meinen heimlichen Besuch bei der schönen Aurelia aufdecken. Und die sollen mich der Comtesse Dorothee vor die Füße werfen. Das heißt, die Geheimen stehen dem Pfalzgrafen offenbar noch näher als ich. Das darf doch nicht wahr sein.

Mir erteilt er den Auftrag, den Mörder des Kandidaten Amelius Arendson zu finden, obwohl er genau weiß, dass ich dafür nicht der Richtige bin, weil mir an solchen Suchspielchen überhaupt nichts liegt. Es gibt ja weiß Gott Wichtigeres. Das war das Stichwort, bei dem Perkeo einfiel, dass er Durst hatte. Also leerte er das Glas und schenkte sich neu ein.

Schon nach dem zweiten kräftigen Schluck zeigte der Wein, dass der Spruch stimmt: Im Wein steckt Wahrheit. Zumindest schien das dem Hofnarren so. Denn wie ein Blitz fuhr ihm der Gedanke durch den Kopf: Ha, vielleicht will der Pfalzgraf ja nur, dass ich an diesem Auftrag scheitere. Er will, dass ich den Mörder nicht finde. Er aber kann sich auf seine Geheimen verlassen, die den Mörder schon finden werden. Womit er mir einmal zeigen könnte, dass doch er der Größere von uns beiden ist. „Aber das wird dir nicht gelingen, Pfalzgraf."

Auf einmal habe ich als der Hofnarr nicht mehr nur meine Narrenfreiheit, ich habe auch ernst zu nehmende Konkurrenten. Nicht so eine lächerliche Konkurrenz wie der eitle Hofpoet, der mit seinen hohl klingenden Gedichten doch nur gegen die Wände redet. Nein, dummerweise habe ich Konkurrenten, die man nicht sehen kann. Daraus zog Perkeo, der wieder mit dem linken Daumennagel an seiner Nase rieb, dann die naheliegende Konsequenz: Also muss auch ich unsichtbar werden. Dabei fiel ihm die schöne Aurelia ein, die als Treiber verkleidet mit ihm auf Jagd war.

„Ja, wenn deine Geheimen unsichtbar sind, dann mache auch ich mich unsichtbar. Du wirst dich noch wundern, Pfalzgraf."

Das Erste war, dass er sich zu Dorothee schlich. Und dass er betont schüchtern an die Tür ihrer Kammer im Frauenzimmerbau pochte, statt sie einfach aufzureißen, wie er sonst tat. Und dass er sich sofort liebevoll an sie drückte, als sie ihm aufgemacht und ihn erstaunt angestarrt hatte. Er wusste es zu genießen, konnte sich endlich wieder wohlfühlen in dieser ganz anderen, dieser weiblichen Welt von schönen Möbelchen und bunten Vorhängen, vielen Kissen und Handarbeitszeug und einer Luft, die so ganz anders war als die Luft in seiner Kammer. Da duftete es doch mehr nach Weinkeller. Für die Entschuldigung wegen seiner Grobheit, als er Dorothee aus seiner Kammer verjagt hatte, brauchte Perkeo nur wenige

Worte. Die Comtesse zeigte sofort volles Verständnis für seine Eifersucht. Sie wusste ja, dass er nicht wirklich geglaubt haben konnte, sie hätte was mit dem Geheimen, der sie aufgesucht hatte. So gut kannte man sich doch.

Für das, was er dann als Bitte anbrachte, brauchte Perkeo schon mehr Worte. Die Comtesse konnte einfach nicht glauben, was sie da hörte. „Sag mal, Clemens, du willst wirklich, dass ich dich zu einem Mädchen mache?“

„Ja, so aussehen wie ein Mädchen muss ich. In einem von deinen Kleidern, ein bisschen hochgerafft, wo zu lang, und ein bisschen ausgestopft, wo zu flach, du verstehst schon, Dorothee. Und die schwarze Perücke, die ich mitgebracht habe, die muss meine schöne Frisur werden, dabei aber möglichst viel von meinem Gesicht verdecken. Und Strümpfe und Schuhe brauche ich von dir und weiße Handschuhe und einen weiten Umhang, nicht zu lang und nicht zu bunt, lieber ein bisschen vornehm.“

„Ja, ja, kann ich alles machen.“ Schon war sie dabei, ihre ordentlich weggehängten Kleider durchzusehen. „Das hier, das wäre wohl das richtige Kostüm für dich. Ein paar Tüchlein und ein paar Spangen, auch eine schöne Fibel, im Übrigen alles mit wenigen Nadelstichen festgeheftet. Ich weiß ja, du liebst das Spiel in immer wieder anderen Rollen. Aber wie sprichst du so komisch?“

„Im Diskant. Ich muss doch schon üben, wie ein Mädchen zu sprechen. Gar nicht so einfach. Immer in den höchsten Tönen. Die Gefahr ist, dass ich dann auch gleich zu kluges Zeug rede. Muss ich mich erst dran gewöhnen.“

„Mir gefällt doch gerade an dir, Clemens, dass du immer so klug redest.“

„Ja, seid klug wie die Schlangen, wie es in der Bibel heißt.“

„Igitt, Schlangen mag ich aber gar nicht.“

„Dafür mag ich dich umso mehr“, sagte er und zog sie mit Geschick und sanfter Gewalt auf ihre Bettstatt. Womit der Tag ein gutes Ende fand.

21.

Der neue Tag begann mit bohrender Nachdenklichkeit. Das war die andere Seite des so lustig erscheinenden Zwerges. Die zeigte er aber nur, wenn er alleine war. Weil er dann wie auf links gewendet wirkte. Das passte nicht zu seinem Amt, und es passte ihm selbst erst recht nicht. Deshalb das düstere Gesicht, das er dabei machte.

Das hätte ich nun erreicht, resümierte er: Ich kann mich für die Geheimen unsichtbar machen, wenn ich als Mädchen auftrete. Doch was mache ich jetzt damit? Ist das bloße Nachahmung? Habe ich diese neue Möglichkeit doch der schönen Aurelia zu verdanken, die mir das mit der Verkleidung vorgemacht hat. Aber wenn der Hofmedikus das Versteckspiel der Aurelia so ohne jede Bemerkung akzeptiert hat, muss er dann nicht ihr Komplize sein? Ja, ganz sicher. Aber wobei denn überhaupt?

Neue Kleider lassen einen nicht nur anders auftreten, sie werfen auch neue Fragen auf. Deshalb beschloss Perkeo, im Moment noch auf die Verkleidung als Mädchen zu verzichten und stattdessen erneut in die Stadt hinunterzugehen. Vielleicht zur schönen Aurelia, falls sich nicht zufällig was anderes ergeben sollte. Schnell mal wieder unerkannt in die Stadt flattern. Also nichts wie hinunter zu dem verborgenen Eingang in den unterirdischen Geheimgang.

Was aber leichter gedacht war als getan. Denn die Bodenklappe war nicht mehr zugänglich. Verdammt, war wohl doch ein Fehler, dem Pfalzgrafen diesen Gang zu zeigen. Er muss die Anweisung gegeben haben, diesen großen Kasten voll von schön abgerundeten Flusssteinen ausgerechnet da abzustellen, wo der Eingang zu dem unterirdischen Gang ist. Genau auf die Klappe. Das ist der Vorrat an Steinen, mit denen da und dort Wege befestigt werden. Jetzt auf hundsgemeine Art zweckentfremdet. Klar, um mir einen zweiten Ausflug durch den Geheimgang unmöglich zu machen. Vielleicht aber auch nur, um sich dagegen abzusichern, dass Leute aus der Stadt unbemerkt heraufkommen? Ach ja, ich habe am Ende des

Ganges in der Heilig-Geist-Kirche den Riegel beiseitegeschoben, um aus dem Gang treten zu können, aber ich konnte ihn dann nicht mehr zurückschieben. Denn zurück zum Schloss habe ich in der Nacht den Treppenweg draußen genommen. Also ist der Geheimgang unten jetzt noch offen, und jeder, der in dem großen Kleiderschrank der Kirche den Zugang findet, kann zum Schloss hinaufsteigen.

Perkeo musste umdenken: Wenn nicht zu der schönen Aurelia, dann eben zu dem undurchsichtigen Hofmedikus. Ihm auf den Zahn fühlen. Feststellen, ob er sich hochnäsig oder stur zeigt, wenn ich ihn frage, was ihn mit der Aurelia verbindet. Ob sie wirklich seinen Namen trägt, also mit ihm verwandt ist. Oder ob er gar einer ihrer heimlichen Liebhaber ist. Oder noch Schlimmeres?

Der Doktor war überhaupt nicht überrascht, als er den Hofnarren empfing. Im Gegenteil, er war so prompt bei dem Ergebnis der Jagd vom Vortag, als hätte er darauf gewartet, dass der Treiber, den er zum Jagen gefahren hatte, zu ihm kommt und mit ihm auf den Erfolg anstößt. Natürlich mit Weißwein.

„Vier Sauen gehen allein auf mein Konto“, verkündete er voller Stolz. „Jede mit einem einzigen Schuss erlegt. Jedes Mal Blattschuss. Das heißt, ich bin immer noch absolut zielsicher. Keinerlei Zittern der Hände, und die Augen ohne jede Minderung der Sehkraft. Dabei bin ich ja weiß Gott nicht mehr der Jüngste. Und ich habe auch viel zu selten die Gelegenheit, mich als Schütze zu beweisen.“

„Ja, wahrhaftig, du bist nicht mehr der Jüngste, Hofmedikus, aber für die junge Aurelia glaubst du doch noch jung genug zu sein oder?“

„Aurelia ist meine Nichte, die Tochter meines verstorbenen älteren Bruders Klaus, deshalb muss ich mich ein wenig um sie kümmern.“

„Mach mir doch nichts vor“, tat Perkeo das ab, „weiß doch jeder: Bei so einer jungen Schönheit sind Verwandtschaftsverhältnisse nur immer Ausreden.“

„Nun ja, es gibt auch noch anderes, das uns verbindet.“

„Nämlich?"

„Ich muss freundlich zu ihr sein, weil sie mich bei einem peinlichen Kunstfehler ertappt hat, bei einem sehr peinlichen. Aber das ist eine andere, eine erledigte Sache. Die gehört nicht hierher."

„Ich höre dir gern zu, Hofmedikus, besonders gern, wenn du von deinen Fehlern berichtest. Also, was hast du falsch gemacht?"

„Nein, nein, das gehört nicht hierher."

„Mir kannst du das doch sagen. Ich bin kein Medikus. Mich interessiert bloß die Frau, mit der du zu tun hattest. Weibergeschichten sind immer was für mich."

„Nun, Er weiß ja, als der Kandidat Amelius Arendson tot aufgefunden wurde, da hat man mich dazugebeten. Ich konnte dem Verletzten aber nicht mehr helfen. Der junge Mann war tot. Zwei Stiche ins Herz. Und da er das blutige Messer noch in der Faust hatte, habe ich als Todesursache festgestellt: Selbstmord."

„Und? War es das etwa nicht?"

„Er hatte das blutige Messer in der rechten Faust."

„Ja, das hörte ich."

„Die Aurelia kam zwei Tage später zu mir und klärte mich darüber auf, dass der Kandidat Linkshänder war. Sie wisse es genau, weil er ihr Geliebter gewesen ist."

„Oho, heißt das, dass ein anderer der Mörder war und dass dieser Mörder dem Toten nach der Mordtat das Messer in die rechte Hand gegeben hat, oder?"

„Wie anders wäre das zu erklären? Diese junge Frau namens Aurelia, die ich vorher nicht kannte, hat mir unzweideutig gesagt, dass sie meine Fehldiagnose aufdecken könnte, dass sie das aber nicht tun werde, solange ich mich ihr gegenüber absolut gehorsam zeige. Nun weiß Er, lieber Lustiger Rat, warum ich diese als Treiber verkleidete Person in meinem Schlitten mit zur Jagd nehmen musste. Ich kann ihr keine Bitte abschlagen."

„Einer jungen Schönen absolut gehorsam sein zu müssen, das kann ich mir als sehr reizvoll vorstellen."

„Ja, verstehe, ist es aber nicht. Die Aurelia will, dass ich mich gegenüber unserem Herrn als amtsmüde gebe und ihn bitte, mir den Abschied zu gönnen."

„Und du fragst dich, was sie damit erreichen will, oder?"

„Sie hat einen neuen Freund, unglücklicherweise einen aus meiner Profession. Dem will sie zum Sprung in mein Amt verhelfen."

„Und wer ist das?"

„Wer? Ach, das spielt jetzt keine Rolle. Jedenfalls auch ein erfahrener Medikus, der durchaus die Chance haben könnte ..."

„Wenn die Chance besteht, dass der Mann an den Hof kommt, muss ich ihn rechtzeitig kennen, um mich auf ihn einstellen zu können. Ich muss doch seine schwache Seite finden, um ihn so richtig lächerlich machen zu können. Also, wie ist der Name des Neuen?"

„Es geht um den Dr. Mercurius von Datteln, derzeit noch praktizierend in Worms. Mehr weiß ich von dem Kollegen aber nicht, wollte ich auch nie wissen. Weil mir schon der Name des Herrn nicht gefiel. Wie kann man nur Mercurius heißen?"

„Ach, was findest du schlecht an dem Namen?

„Mercurius war bei den Alten Römern der Gott der Kaufleute und Spitzbuben."

„Aha, und du findest, dass der Kollege seinen Beruf zu sehr kaufmännisch ausübt?"

„Das wäre noch das geringere Übel."

„Verstehe."

„Aber diesen Mercurius", erklärte der Hofmedikus dann weiter, „den haben die göttergeilen Römer nur dem griechischen Gott Hermes nachgebildet."

„Also hatten die Griechen ebenfalls Gefallen gefunden an tüchtigen Kaufleuten und Spitzbuben, oder?"

„Ich will, lieber Lustiger Rat, den Griechen nichts Negatives anhängen. Denn unsere Vorfahren, die Alten Germanen, die hatten mit dem Gott Teutates ebenfalls so einen zwielichtigen Charakter verehrt. Die Verbindung dieser beiden Berufsgruppen, wenn ich das einmal so ausdrücken darf, scheint für viele Völker selbstverständlich zu sein."

„Donnerwetter, lieber Hofmedikus, was du alles weißt. Mit dir sollte ich mich öfter unterhalten." Eine Bemerkung, die dem Hofnarren viel zu spontan und dabei sogar ehrlich gemeint rausgerutscht war. Doch was er beinahe auch noch gesagt hätte, das blieb hinter den zusammengebissenen Zähnen verborgen, nämlich: Ein Mann, der so viel weiß, wird auch noch Einiges über die schöne Aurelia wissen, was mich interessieren würde.

„Sich mit mir unterhalten? Aber gern, jederzeit, lieber Lustiger Rat. Es wäre mir das eine große Ehre."

„Doch um auf deinen möglichen Nachfolger zurückzukommen, ich könnte den Wormser Medikus bei meinem nächsten Bauchgrimmen aufsuchen. Wenn ich auch sicher bin: Noch schneller als du wird er nicht sein. Du hast mich mit deinem Rizinusöl ja sofort geheilt. Und auch mit deinem guten Rat. Ich trinke jetzt doch tatsächlich schon mehr Weißwein als Rotwein – wenn auch nicht weniger Rotwein als früher."

„Helfen und Heilen, das ist meine Lebensaufgabe."

„Nur von meiner Neugierde hast du mich nicht kuriert. Die treibt mich immer noch um."

„Neugierig seid Ihr, lieber Lustiger Rat? Gut so. Aber sagt mir, in welche Richtung zielt diese so natürliche wie bereichernde Charaktereigenschaft, die uns allen mehr oder weniger zu eigen ist, bei Euch?"

„Natürlich in die Richtung der Berockten und Langhaarigen. Mich wundert, wie die schöne Aurelia von Mann zu Mann hüpft. Ist sie so ein leichtfertiges Mädchen?"

„Warum sollte sie sich nicht nach einer besseren Partie umschauen, nachdem es ihr nur mit Mühe gelungen war, den Liebhaber Amelius Arendson loszuwerden."

„Der den Nachteil hatte, dass er sie partout nicht heiraten wollte, weil er den Adel missachtete."

„Oh nein, umgekehrt wird ein Paar Schuhe daraus. Der Kandidat der Jurisprudenz war zwar ein zu großen Hoffnungen berechtigender Aufsteiger aus der Schicht der einfachen

Leute, aber eben doch noch einer von ihnen. Und es ging ihm als einem Bürgerlichen in erster Linie darum, durch die Heirat mit Aurelia das Recht zu bekommen, bei jedem Festmahl mit am Tisch der Herrschaften sitzen zu dürfen statt nebenan am Tisch der Bürgerlichen."

„Und das gefiel der schönen Aurelia ..."

„... natürlich absolut nicht", vollendete der Hofmedikus den Satz.

Das ließ seinen Gast voller Erregung aufspringen, um sich mit den Worten zu verabschieden: „Gut, dass du mich daran erinnerst, Hofmedikus, der Pfalzgraf erwartet mich zum Diner. Gott mit dir! Aber nicht der Gott Mercurius."

Perkeo, das muss man ihm lassen, hatte sogar die Wahrheit gesagt. Denn das Essen war ihm immer wichtig, fast so wichtig wie das Trinken. Aber das war doch nur die halbe Wahrheit. Denn jetzt wusste er, wie er auf eine angenehme Weise weiterkäme in der lästigen Ermittlungsarbeit, die der Pfalzgraf ihm aufgepackt hatte.

22.

Ja, Perkeo war mit dem Verlauf des Abends sehr zufrieden. Der Wein des Hofmedikus' hatte ihm geschmeckt. Dass der Mann eine Fehldiagnose abgegeben hatte, war interessant. Immer gut, so was zu wissen und als die letzte Trumpfkarte in der Hinterhand zu haben. Dass die schöne Aurelia das wusste und den Medikus damit unter Druck setzte, war noch interessanter. Dass sie das tat, weil sie einen neuen Geliebten hatte, war zwar bedauerlich, weil das Perkeos Hoffnungen ein wenig trübte, doch dafür war umso erfreulicher zu erfahren, dass sie den Amelius, der sie unbedingt heiraten wollte, nur mit Mühe losgeworden war. Daher also ihre verächtlichen Worte über Männer und Schweine, die zusammengehören. Und wie hatte sie sich ausgedrückt, als wir uns in ihrer Kammer in der

Haspelgasse so schön näher gekommen waren? Der Hofnarr glaubte es noch in den Ohren so schrill klingen zu hören, wie sie es ihm an den Kopf geschleudert hatte: „Ich will nichts mehr mit Männern zu tun haben. Männer, dieses klebrige Geschmeiß, das wird man ja nicht mehr los. Wenn ich gewusst hätte, wie schwer es ist, den Geliebten zum Teufel zu schicken, ich hätte ihn nie an mich herangelassen. Deshalb nichts mehr mit Männern."

Nun, ich brauche sie ja nicht, ein Glück, ich habe meine Dorothee. Aber das heißt nicht, dass ich mich damit zufriedengebe, überlegte er, als er schon dabei war, sich für das Diner mit dem Pfalzgrafen umzuziehen. Ich bin ein Mann, und ein Mann hat seine Bedürfnisse. Da kamen ihm plötzlich die Bilder der Beerdigung des toten Amelius wieder in den Sinn. Wie die schöne junge Frau sich vor Trauer und Schmerz beinahe in das offene Grab gestürzt hätte, um zusammen mit dem geliebten Toten in die Ewigkeit einzugehen. – Wie stimmt denn das mit der Behauptung überein, dass sie den Amelius nur mit Mühe losgeworden sei? Oder muss man sich das sogar so deuten, dass sie ...

„Das kann mir doch egal sein", sprach er vor sich hin, als er dabei war, seine kleinen extraharten Schuhe anzuziehen, seine Geheimwaffe, auf die er auch nicht verzichtete, wenn er mit dem Pfalzgrafen alleine war. Weil es auch bei diesen intimen Zweiergesprächen gelegentlich recht hart zuging.

So auch jetzt. Denn der Pfalzgraf servierte ihm prompt zur Vorspeise den Vorwurf, der Lustige Rat habe schon wieder gegen ein ausdrückliches Verbot verstoßen, als er mit dem Hofmedikus zur Saujagd gefahren sei.

„Das war doch nur eine klitzekleine Sauerei, die ich mir da geleistet habe."

„Ich hatte es Ihm verboten. Doch meine Geheimen haben mir berichtet, dass Er die ganze Jagd als Treiber mitgemacht und hinterher auch den Erfolg mitgefeiert hat. Was war Ihm dabei so wichtig? Der Hofmedikus oder die Saujagd?"

Da musste Perkeo das Thema anschneiden, das er eigentlich als gleichgültig abgetan hatte und deshalb nicht mit dem

Pfalzgrafen besprechen wollte. „Es ging mir bei diesem Ausflug an den Weißen Stein weder um den Hofmedikus noch um die Saujagd“, gab er betont kleinlaut zu.

„Also nur um die anschließende Siegesfeier mit der Völlerei.“

„Auch nicht um die Feier und die Völlerei. Es ging mir allein um die Begegnung mit der schönen jungen Frau, dieser Aurelia, die ihren ehemaligen Geliebten Amelius Arendson bei der Beerdigung so herzzerreißend betrauert hat, dass sie beinahe mit ins Grab gestürzt wäre.“

„Die nähere Bekanntschaft mit ihr hatte Er doch schon gemacht.“

„Ja, aber nicht ausführlich genug“, kam es nun schon selbstbewusster. Weil der Pfalzgraf sein Pulver verschossen hatte, schien es seinem Hofnarren angebracht, jetzt aufs Ganze zu gehen. „Da waren noch so viele Fragen offen“, tat er nun geheimnisvoll. „Jetzt war die Aurelia als Treiber verkleidet Gast auf dem Pferdeschlitten des Hofmedikus und saß an meiner Seite. Das war die Chance. Nur ihretwegen habe ich die Saujagd mitgemacht, weil ich deinem Wunsche entsprechend, Pfalzgraf, von ihr etwas herauskriegen wollte über den Tod des Kandidaten Amelius.“

„Aha, und jetzt weiß Er Bescheid, mein mit der Aufklärung des Falles Amelius Arendson beauftragter Lustiger Rat?“

„Jedenfalls weiß ich jetzt, dass die schöne Aurelia eine Lügnerin ist. Denn vor Tagen hatte sie mir gegenüber erklärt, der bürgerliche Kandidat habe ihr Geld nicht angenommen und sie auch nicht heiraten wollen, weil er Leute von Adel nicht mochte. Doch gegenüber dem Hofmedikus hat sie erklärt, der Kandidat habe sie immer wieder bedrängt, seine Frau zu werden, und das nur, um selbst durch die Heirat mit einer Adligen an die Tafel der Adligen zu kommen.“

„Und welche Darstellung entspricht der Wahrheit?“

„Das weiß ich noch nicht, werde ich aber bei näherem Kontakt herausfinden. Fest steht nur, dass entweder die eine oder die andere Äußerung gelogen ist. Die Frau ist also eine Lügnerin, so viel steht jetzt fest. Und aus diesem Grund weiß ich nicht, was ich davon halten soll, dass sie auch gesagt hat, der Tote sei ein Linkshänder gewesen. Und sie wisse das genau."

Diese letzte Bemerkung hatte Perkeo nur so nebenbei gebracht. Dabei wusste er genau, dass er damit den Pfalzgrafen aus seinem Sessel hochjagen würde. Und tatsächlich sprang Carl Philipp auf und fragte voller Erregtheit: „Ein Linkshänder sei er gewesen? Oho, dann kann er sich aber nicht mit dem Jagdmesser in der Rechten selbst erstochen haben."

„Das wäre zumindest dumm gewesen. Beim Sich-Töten will man doch die Gewissheit haben, dass es klappt", tat Perkeo arglos.

„Jedenfalls bestärkt das die Vermutung des Vaters von Amelius, sein Sohn habe sich nicht selbst umgebracht."

„Das sehe ich genauso wie du, Pfalzgraf."

„Nun also, was sitzt Er noch herum, mein lieber Lustiger Rat, und fragt sich, was die Wahrheit ist? Warum macht Er sich nicht auf die Fährte?"

„Wenn du freundlicherweise noch erlaubst, Pfalzgraf, dass ich zunächst das Dessert genieße?"

„Nein, es gibt diesmal kein Dessert. Ein Hund, der zu gut gefüttert wird, ist kein guter Jagdhund."

„Wenn du das so siehst, dann solltest du erst einmal den großen Kasten mit den Flusssteinen wegräumen lassen, der auf der Klappe zum Geheimgang in die Stadt hinunter steht."

„Nicht nötig. Er kann sich jederzeit einen Wagen mit Kutscher aus der Schlossremise nehmen. Sage Er nur, dass Er in meinem Auftrag unterwegs ist."

„Na, schön", antwortete Perkeo, als er in scheinbarem Gehorsam aufstand und sich verabschiedete. Dabei überlegte er: Dann brauche ich nicht einmal mehr das Kleid und die schrecklich unbequemen Schuhe der Dorothee. Jetzt kann ich ungehindert auf meine eigene Saujagd gehen. Der Pfalzgraf wird sich noch wundern. Wenn die verlangte Aufklärungsarbeit im Bett der schönen Aurelia stattfinden kann, dann bin ich dafür der richtige Mann.

23.

Doch war es an dem Tag schon zu spät für die Pirsch. Und am nächsten Tag wieder dieses lästige Bauchgrimmen, genau wie am übernächsten Tag. Dann kam auch erst noch Weihnachten. So unvermeidlich wurde es feierlich und stimmungsvoll wie jedes Jahr, wenn es aufs Ende zugeht. Der 25. Dezember, eigentlich ein Tag wie jeder andere, musste die ganze Last der Geburt eines Gottes und des Glaubens an dieses viel zu lange zurückliegende Ereignis tragen. Obwohl doch längst kein Mensch mehr lebte, der bei dem Ereignis dabei war, und keiner je überprüfen konnte, ob es richtig war, diesen 25. Dezember so mit Bedeutung vollzustopfen. So hatte die Kritik des Hofmedikus Doktor Florian von Merck gelautet, zu dem der Hofnarr wieder geeilt war. Der hatte ihn mit gewohnter Freundlichkeit empfangen und mit dem gewöhnungsbedürftigen Rizinusöl malträtiert, bevor er ihm die Frage stellte: „Lieber, verehrter Lustiger Rat, seid auch Ihr so einer, der sich nicht auf Weihnachen freuen kann?"

Für Perkeo war das keine ernst zu nehmende Frage. Hauptsache, man hatte was zu feiern. Für ihn hieß Weihnachten, dass die Köche des Schlosses sich besonders anstrengen würden, das Beste auf den Tisch zu bringen, und zwar reichlich davon, und dass der Herr über den Fassbau, der Obristhofmarschall Graf von Globen, die besten, immer gut versteckten Weine herausrückte. Doch diesmal sollte Weihnachten gleichzeitig der Tag seines Verlöbnisses sein. Damit bekam das Fest des großen Fressens für ihn einen etwas schrillen Beiklang. Die Comtesse Dorothee von Laufenburg hatte schon tagelang rote Ohren vor Aufregung, sich aber auch mit ihrer Kleidung und einem wohlformulierten Treueversprechen auf das große Ereignis vorbereitet.

Nur für einen kurzen Gedanken irritierte Perkeo die Parallele zu dem toten Kandidaten Amelius Arendson. War der doch genau wie er ein Bürgerlicher, der durch die Heirat mit der schönen Aurelia, genau wie Dorothee eine Adlige, an die Tafel der Herrschaften gekommen wäre. „Ist doch egal", brummte er vor sich hin, als er sich für das Festessen in die Pracht des Hofnarrenkostüms kleidete, mit Großkreuz und feuerroter Perücke, Kammerherrenschlüssel und breiter Schärpe, „kann mir doch wirklich ganz egal sein, an welchem Tisch ich sitze, wenn nur genügend Weinflaschen auf ihm stehen und immer wieder volle Platten und Schüsseln nachgereicht werden."

Perkeo konnte so was leicht nehmen, war sein Platz als Lustiger Rat doch immer an der Seite des Pfalzgrafen. Meistens rechts von ihm, und nur ausnahmsweise einmal links, wenn ein besonders wichtiger Gast mit diesem Platz zur Rechten des Hausherrn geehrt werden sollte.

Jetzt war der Festsaal im Gläsernen Saalbau voll von erwartungsvoll aufgeregten Menschen. Dieses Gebäude hatte den schönen Namen Gläserner Saalbau behalten, obwohl die vielen Spiegel im Festsaal, die ihm einst den Namen gegeben hatten, von den französischen Eroberern zerstört worden waren. Noch hatte man sich den Luxus nicht leisten können, sie durch neue zu ersetzen. Spiegel waren so unglaublich teuer, wie sie unglaubliche Bilder präsentierten.

Der Hausherr Carl Philipp, Pfalzgraf und Kurfürst bei Rhein, hatte alles eingeladen, was Rang und Namen hatte. Ein Weihnachtsabendfestmahl, das eine besondere Überraschung bieten sollte, so hatte er verkündet. Da hatte man sich nicht geziert, hatte nicht gezögert und keine Ausreden gesucht. Der Pfalzgraf hatte gerufen, und alle waren gekommen.

Die Tische waren festlich geschmückt mit weißem Damast und bunten Bändern, darauf viele silberne Kerzenleuchter. Die meisten hatte man sich von den Jesuiten ausgeliehen. Deren große Kirche war ohnehin noch im Bau, da brauchten sie nicht all die feinen Leuchter. Zur Rechten des Hausherrn saß jetzt ein Bischof, ihm direkt gegenüber saß der Obere der Heidelberger Niederlassung der Jesuiten. Perkeo hatte sich diesmal mit dem Platz zur Linken des Pfalzgrafen zu bescheiden, war dafür aber so betont bescheiden, dass er sich weder den Namen des Bischofs noch den des Jesuitenoberen gemerkt hatte.

Für ihn ging es ja um Wichtigeres. Ein Verlöbnis, das wusste er, ist das feste Versprechen, das sich zwei Menschen geben, sich demnächst im ehelichen Bund zusammenzutun. Dabei blieb offen, was „demnächst“ heißen sollte. Es musste noch keinen festen Termin geben. Doch die Frage nach Tag und Ort der Eheschließung würde von nun an täglich und überall wie eine Gewitterwolke über ihm hängen.

Perkeo griff mit beiden Händen gleichzeitig nach zwei gefüllten Weingläsern und hob sie vor sein Gesicht, wo die Gläser klirrend zusammenstießen. „Oh, Pardon“, sagte er mit erschrocken verzerrtem Gesicht, als sich alle Augen auf ihn richteten „da ist mir doch tatsächlich auch das Glas des Pfalzgrafen in die Hand gehüpft.“ Der Spaß kam gut an. Als das Gelächter der Tischgesellschaft abgeebbt war, ergänzte Perkeo: „Die Gläser, die wissen schon, dass der Pfalzgraf keine Hand rühren muss, er hat ja für alles seine Leute. Zum Trinken hat er mich. Denn sogar dazu ist der Herr viel zu bequem.“ Damit stürzte Perkeo den Inhalt beider Gläser direkt hintereinander hinunter.

Carl Philipp sagte dazu nichts, überlegte nur einen Augenblick und lachte dann los. Da wussten die Gäste, dass sie ebenfalls lachen dürften. Also brach erneut ein großes Gelächter aus. Die Gesellschaft war belustigt. Was wollte der Hausherr noch mehr. Er schaute recht zufrieden drein.

Immer mehr volle Schüsseln und überladene Platten mit Fleisch, Geflügel und feinem Gemüse wurden herangeschleppt. Und die bunt gemischte Gesellschaft aus kurfürstlichen Würdenträgern, Vertretern der beiden christlichen Kirchen, edlen Damen und Honoratioren der Universität sowie vornehmen Gästen aus der näheren Umgebung Heidelbergs ging durchaus nicht zögerlich an das üppige Angebot heran. Man schmauste mit vollen Backen und pokulierte mit wild tanzendem Adamsapfel oder schaukelndem Doppelkinn so hektisch, als wäre es das letzte Mahl vor dem Weltuntergang.

Der Pfalzgraf hatte noch kurz vor dem Festmahl den Damen und Herren in seiner unmittelbaren Nähe etwas zugeflüstert, was Perkeo nicht mitbekommen durfte. Es gehe dabei um die Überraschung des Abends, hatte er nur verraten. Und die Angesprochenen hatten ernsthaft genickt und versprochen mitzumachen.

Nun war es damals üblich, beim Essen die abgenagten Knochen einfach über die Schulter hinter sich zu werfen, damit auf den Tischen Platz blieb für den Nachschub an Speisen. Der Pfalzgraf hatte heimlich dazu aufgefordert, alle Knochen hinter den Stuhl des Hofnarren zu werfen. Und dort sammelte sich tatsächlich schnell ein imposanter Haufen an.

Als nun der Hauptgang beendet war, ergriff Carl Philipp das Wort: „Wir haben heute ja nicht nur Weihnachten zu feiern, wir feiern auch die offizielle Vorstellung meines Lustigen Rats Clemens Perkeo, der sich einfach Perkeo nennen lässt. Den meisten meiner werten Gäste bisher wohl noch kaum bekannt. Jetzt habt Ihr ihn kennengelernt. Jetzt wisst Ihr: Er ist nur scheinbar ein kleiner Mann, in Wirklichkeit ist er der Größte, nämlich der größte Weinvertilger, der sogar mein Glas mit leer macht. Und er ist der größte Fresser in den Kurlanden. Seht nur, was für einen stattlichen Haufen Knochen mein teurer Lustiger Rat bei diesem Mahl hinter sich gebracht hat."

Da erhoben die Gäste sich von den Sitzen und schauten hinter den Sitz des Hofnarren, der still und offensichtlich betroffen dasaß, und lachten prustend los, schüttelten sich vor Lust, kriegten die Mäuler gar nicht mehr zu, lachten, als wollten sie nie mehr aufhören zu lachen. Schon bildeten sich unter den Tischen übel riechende Pfützen, und manche feine Hand fuhr heimlich zwischen die Beine, um es nicht zu unfreiwilligen Freudentränen kommen zu lassen.

Als man sich endlich wieder soweit beruhigt hatte, dass man zuhören konnte, erhob Perkeo die Stimme: „Ich muss zugeben, ich habe immer einen guten Appetit und esse und trinke ohne Maß. Aber deshalb bin ich doch nicht der größte Fresser am Hofe. Das ist immer noch der Pfalzgraf hier an meiner Seite. Seht nur hinter seinen Stuhl. Da ist nichts. Der Pfalzgraf hat sogar noch die Knochen mitgefressen aus Angst, er würde nicht satt."

In dem Moment erstarrte die fröhliche Gesellschaft vor Schreck über diese Frechheit. Keiner wagte ein Wort zu sagen, schon gar nicht riskierte man ein Lachen. Die Gesichter verzogen sich zu komisch verkrampft ernsten Masken. Es herrschte absolute Stille, eine furchterregende Stille wie in dem Moment vor dem Ausbruch eines schweren Gewitters. Da erhob der Pfalzgraf sich von seinem prächtigen Sitz an der Tafelmitte, schob seinen Stuhl energisch nach hinten, strich sich die lang wallende weiße Perücke mit dem Mittelscheitel aus dem Gesicht, schaute in die Runde und lachte plötzlich lauthals los, lachte so wild, dass er seinen wackelnden Bauch mit beiden Händen festhalten musste. Was sämtliche Gäste sofort in ein wieherndes Lachen ausbrechen ließ, ein Lachen, so befreit von der Angst vor einer Katastrophe und so erlöst vom krampfhaften Ernstbleiben, dass man davon gar nicht genug kriegen konnte.

Nur Perkeo saß ganz ruhig da und sah mit zufriedenem Lächeln vor sich hin. Er sollte aber nicht lange ungeschoren bleiben. Denn als die Festgesellschaft sich endlich beruhigt hatte und alle wieder brav auf ihren Plätzen saßen, gab der Pfalzgraf bekannt, dass nun noch ein Verlöbnis zu feiern sei. „Jetzt kennt Ihr ihn, meinen Lustigen Rat, den sein freches Mundwerk dafür qualifiziert, dass er immer an meiner Seite ist. Wo er sich auf die verschiedenste Art nützlich macht. Deshalb habe ich für ihn nicht nur Knochen übrig, sondern auch das, was auf die Knochen gehört."

Damit winkte er die Comtesse Dorothee von Laufenburg heran, ließ sie sich zu seiner Rechten aufstellen, den Hofnarren Perkeo zu seiner Linken, nahm sie beide an die Hand und sagte in feierlichem Ton: „Ihr beide, die ihr euch ja schon in Innsbruck kennengelernt habt, wollt euch heute gegenseitig die Ehe versprechen. Also tut das jetzt hier vor der festlich gestimmten vornehmen Gesellschaft mit den Worten: Ich liebe dich."

Selbstverständlich ließ Perkeo seiner Dorothee galant den Vortritt. Mit roten Flecken am Hals und roten Ohren, aber fester Stimme sagte sie: „Ich liebe dich, Clemens Perkeo."

„Ich auch", sagte Perkeo und wollte sich schon wieder hinsetzen.

„Moment, mein lieber Lustiger Rat, was soll das heißen, einfach ‚ich auch' zu sagen?"

„Ist doch klar. Sie hat gesagt, dass sie mich liebt, ich habe gesagt, dass auch ich mich liebe. Was ist denn daran falsch?"

„Aber das ist Pfusch, und das lasse ich Ihm nicht durchgehen, mein lieber Lustiger Rat. Er soll Seiner Braut sagen, jetzt sofort und laut und deutlich, dass Er sie auch liebt."

„Ja, sicher", sagte Perkeo, „ich liebe auch dich, Dorothee von Laufenburg."

Zum Glück hatten alle Beteiligten und Zuhörer schon so viel Pfälzer Wein und auch frisch gebrautes Heidelberger Bier getrunken, dass sie nicht mehr so genau hinhören konnten. Deshalb waren sie mit diesem Verlöbnis voll zufrieden. Auch Perkeo. Der dachte an den Ausspruch des Hofmedikus, der ihm anvertraut hatte, dass ein Verlöbnis eine völlig unverbindliche Sache sei. Gut so, dann bleibt mir ja immer noch die mögliche Alternative Aurelia. Wenn die auch nicht ungefährlich ist, zumindest undurchsichtig. Weshalb ich ihr erst einmal auf den Zahn fühlen müsste, damit es mir nicht so ergeht wie dem bedauernswerten Kandidaten Amelius Arendson.

24.

Nach diesem festlichen Weihnachtsmahl gab es wohl keinen Menschen mehr in Heidelberg und in den Kurlanden, dem der Name Perkeo kein Begriff war. Dadurch lernte der Hofnarr auch gleich die Kehrseite der Berühmtheit kennen: Es kamen immer öfter Menschen mit ihren Sorgen und Nöten und Streitigkeiten zu ihm, die er nicht einfach abweisen konnte. So musste der Hofnarr manche Audienz geben, wie er das großartig ausdrückte, und das natürlich in dem dafür vorgesehenen Raum in dem alten Königsgebäude, dem Ruprechtsbau. Wer ist man denn?

Dahin kam beispielsweise ein Mann, der Glück gehabt hatte mit dem Bier, das er braute. Die Leute mochten sein Gebräu, sodass er reich und immer reicher geworden war. Auf den Erfolg bildete er sich viel ein. Dabei ärgerte ihn nur, dass sein inzwischen erwachsener Sohn so erschreckend dumm war und alles falsch machte. Weswegen sie immer wieder in Streit gerieten. Schließlich einigten die beiden sich darauf, zum Lustigen Rat zu gehen, um ihn zu fragen, wie sie ihre ewigen Streitereien beenden könnten.

Perkeo hörte sich geduldig an, wie der reiche Mann seinen Sohn als den größten Dummkopf der ganzen Stadt beschimpfte, der geistig nicht einmal mit dem kleinen Enkel mithalten könne. Er wollte dann hören, was der Beschimpfte dazu meine, doch der wusste nichts zu sagen. Da musste Perkeo doch eine Weile nachdenken. Denn er wollte dem zukünftigen Inhaber der Bierbrauerei gerne helfen, zugleich aber den jetzigen Inhaber nicht vor den Kopf stoßen. Weiß man doch nie, wann man solch einen reichen Mann einmal braucht.

Schließlich stand Perkeo auf, um in voller Körpergröße zu imponieren, wenn das auch nicht viel war. Mit lauten Worten wies er den reichen Brauherrn unwirsch zurecht: „Du hast es gerade nötig, dich so über deinen Sohn zu erheben, der durchaus mit dir mithalten kann. Ist sein Vater doch sogar klüger als dein Vater, und sein Sohn ist klüger als dein Sohn."

Da fiel der reiche Brauer seinem Sohn um den Hals und bat ihn um Verzeihung und gelobte, mehr auf ihn zu hören. So gingen die beiden versöhnt und glücklich heim – und die Brauerei florierte trotzdem weiterhin.

Mehr Schwierigkeit machte Perkeo an einem der nächsten Tage der Besuch des alten Arendson. Kam der doch als ein gebrochener Mann daher. Sie hätten ihr Leben lang hart gearbeitet, seine Frau und er, nur um ihrem einzigen Kind, dem Amelius, ein besseres Leben zu ermöglichen, jammerte er.

„Unser Sohn hat sich auch so fleißig und gelehrig gezeigt, so anständig und liebevoll, dass er für uns beide das ganze Glück darstellte."

„Aber?", fragte Perkeo.

„Aber jetzt liegt er tot in einem Schandgrab außerhalb des Friedhofs, weil man behauptet, er habe Selbstmord begangen. Was aber nicht stimmt."

„Wer behauptet das denn?"

„Der Hofmedikus hat das festgestellt, und der Pfarrer hat ihm deshalb kein christliches Grab gewährt, und seine Studienkollegen reden schlecht über den Selbstmörder. Ihr müsst uns helfen, hochverehrter Lustiger Rat. Wir wagen uns kaum noch unter die Leute, weil überall geflüstert wird: Er ist ein Selbstmörder. Es ist das wirklich unerträglich." Damit warf der alte Mann sich laut schluchzend dem Hofnarren vor die Füße.

Perkeo winkte zwei Lakaien herbei, die dem Alten aufhalfen und ihn auf den bequemen Stuhl Perkeo gegenübersetzten. „Dem Mann kann geholfen werden", sagte er dann. „Erstens: Dass der Hofmedikus die falsche Todesart diagnostiziert hat, das weiß der inzwischen selbst, wie er mir gestanden hat. Sein Irrtum ist also schon erledigt. Zweitens: Was der Pfarrer glaubt, das lässt sich nicht ändern, weil der das Glauben berufsmäßig betreibt und deshalb keinerlei Gegenargumente annehmen kann. Mit ihm zu sprechen, hat also keinen Sinn. Drittens: Was aber die beiden Studienkollegen angeht, die schlecht über den angeblichen Selbstmörder reden, so werde ich mir die Herren kommen lassen und sie zurechtstutzen. Darauf kannst du dich verlassen, Vater Arendson."

Einerseits bin ich zu weich geworden, sagte der Hofnarr sich, nachdem dieser Besucher gegangen war, andererseits bin ich jetzt auch fast schon verpflichtet, was zu tun. Also tue ich was. Das hieß bei ihm natürlich, dass er in seine Kammer hinaufstieg, eine Flasche Wein entkorkte und sich ein Prosit wünschte. Gleichzeitig ließ er einen Boten zum Pfalzgrafen gehen, der seinen Besuch in einer wichtigen Angelegenheit ankündigen sollte. Zwar durfte er jederzeit unangemeldet zum Pfalzgrafen kommen, aber für das, was er vorhatte, wollte er in einem ruhigen und mehr offiziellen Gespräch die Unterstützung des dann ungestörten Landesherrn einholen. Doch kam der Bote umgehend zurück mit der Meldung: „Im Moment ist keine

Besprechung möglich, weil der Pfalzgraf erkrankt ist und nicht gestört werden möchte."

Perkeo wartete geduldig den ganzen Nachmittag lang. Aber es kam keine Aufforderung, zum Pfalzgrafen zu kommen. Gegen Abend sagte er sich: Ich sollte dem Pfalzgrafen zeigen, dass ich mir Sorgen um ihn mache. Das schmeichelt ihm, sodass es ihm gleich schon wieder etwas besser geht. Deshalb begab er sich in die Bel Etage des Friedrichsbaus, und zwar in den Flügel, in dem die Privaträume Carl Philipps waren. Gerade als er auf die Tür zum Schlafgemach des Pfalzgrafen zu ging, kam ihm ein hübscher Lustknabe mit rot glühenden Bäckchen entgegen. Perkeo betrat das Schlafgemach des Pfalzgrafen, ging an sein Bett, fühlte besorgt und voller Mitgefühl den Puls des Kranken, legte eine Hand an die Stirn des Pfalzgrafen und schüttelte mit staunenden Augen den Kopf.

„Ja, nein, doch – das Fieber hat mich gerade eben verlassen", stotterte der Pfalzgraf voller Verlegenheit.

„Ja, ich weiß", antwortete der Hofnarr lächelnd, „es ist mir vor der Tür noch begegnet."

25.

Man verstand sich. Also tagte das kleine intime Regierungskabinett gleich anschließend, und zwar auf der Bettkante der kurfürstlichen Lagerstatt. Der Pfalzgraf war bereits darüber informiert, wie Perkeo mit der Brauerdynastie und ihrem Streit fertig geworden war. „Großartig gemacht", sagte er dazu nur. Und Perkeo war froh, dass der Hausherr sein Fieber hinter sich hatte, und konnte deshalb ebenso zufrieden feststellen: „Gut gemacht." Danach hatten die beiden den Kopf frei für das Problem des Vaters von Amelius Arendson.

„So lächerlich das ist, wenn der Mann hauptsächlich Angst vor dem schändlichen Gerede der Leute hat", meinte der Pfalzgraf, „darauf müssen wir wohl Rücksicht nehmen. Hat doch jeder nur sein bisschen Renommee, das er hochhalten muss."

„Das ist wohl wahr. Es gibt nichts, was für uns wichtiger ist als wir selbst. Deshalb zucken die Leute zusammen, wenn ich sie mit Du anrede, weil sie fühlen: Da ist mir gerade einer zu nahe auf den Pelz gerückt, jetzt bin ich in Gefahr."

„Schön gesagt, mein lieber Lustiger Rat, aber – um es kurz zu machen, denn ich bin müde –, weiß Er nichts Wichtigeres zu tun, als von sich zu reden?"

„Wichtigeres? – Jetzt hoffst du natürlich, dass ich von dir sprechen werde, Pfalzgraf, aber da muss ich dich enttäuschen. Denn etwas Wichtigeres als mich gibt es nicht. Und das gilt nicht nur für mich, das gilt für jeden. Aber abgesehen davon, es kommt mir auch immer wieder der Vater Arendson in den Sinn. Zu peinlich, so ein gestandener alter Mann, der in Tränen ausbricht und sich einem vor die Füße wirft."

„Na, und – will Er ihm helfen?"

„Ich werde, ja, ich muss ihm helfen. Das habe ich dem Alten versprochen, es ging nicht anders", antwortete Perkeo. „Ich werde mir die beiden Studienkollegen des toten Amelius einmal vornehmen, um ihnen die Köpfe zurechtzusetzen. Es geht ja bloß um die Notwendigkeit, Geld zu zahlen, wenn man das Examen schaffen will. Möchte doch wissen, ob an deiner so wichtigen Universität Bestechung üblich ist und ob die beiden Kandidaten gezahlt haben."

Perkeo hatte damit gerechnet, dass der Pfalzgraf beim Stichwort Bestechung erregt auffährt, um die Universität, sein Lieblingskind, zu verteidigen. Aber der gähnte ihn nur an: „Ja, setze Er ihnen die Köpfe zurecht. Ist mir auch recht. Wenn Er mir jetzt nur endlich meine Ruhe lässt. Ich muss doch noch mein Nachtgebet verrichten."

„Na denn: Gute Verrichtung!"

Die beiden Studienkollegen des toten Amelius Arendson werden sich sehr wundern über die erneute Einladung aufs Schloss und werden sich fragen, um was es wohl gehe, überlegte Perkeo, als er zum Treppenturm ging. Und sie werden nicht mit Freuden kommen, weil es diesmal nicht in den Fassbau geht, sondern wieder in den kleinen Audienzraum im Ruprechtsbau, in dem einem die schwere, niedrige Decke auf das Gemüt drückt.

Tatsächlich wirkten die beiden examinierten Jungjuristen ziemlich unsicher und bedrückt, als sie am nächsten Tag dem Hofnarren Perkeo gegenübersaßen. Um sie ein wenig aufzulockern, leitete Perkeo das Gespräch mit dem Hinweis auf die Saujagd ein, die erst vor wenigen Tagen stattgefunden hatte.

„Du warst doch auch dabei, Beutelar. Ich habe dich beim anschließenden Festschmaus gesehen."

„Ja, stimmt. Ich bin ein passionierter Jäger. Das liegt bei uns von Beutelars in der Familie. Schon mein Großvater – oder war es der Urgroßvater? – soll ein Jagdgenosse des verehrten Pfalzgrafen Johann Casimir, des berühmten Jägers von Kurpfalz, gewesen sein. An der Seite dieses ..."

„Ja, freut mich zu hören", unterbrach der Hofnarr ihn. Und es freute ihn das wirklich, weil er an das Jagdmesser dachte, mit dem der Kandidat Amelius Arendson getötet worden war. Jetzt war ihm klar, wo dieses Messer hergekommen war. Doch das warf er dem jungen Juristen nicht vor.

„Da ist noch etwas anderes, worauf ich gern eine ebenso ehrliche Antwort hören würde." Und nach einer kleinen Pause, in der Perkeo das Erschrecken der beiden Jungjuristen auskostete, fragte er sie ohne weitere Einleitung: „Wie viel muss man zahlen, um in Heidelberg das Examen zu schaffen, mit dem man in die Riege der Juristen aufgenommen wird?"

Darauf aber wollten die beiden nicht antworten. Weil sie dazu nichts zu sagen wüssten. Von Bezahlen könne überhaupt keine Rede sein. Davon hätten sie auch noch nie gehört. So ihre Ausflüchte.

„Man muss nur fleißig studieren, studieren, studieren."

„Ja, und vor der Prüfungskommission einen guten Eindruck machen."

„Und daneben?"

„Nichts daneben."

„Warum war euer Studienkollege Amelius Arendson so unglücklich darüber, dass er das Geld nicht hatte, das man für das Examen braucht?"

„Wer sagt denn überhaupt", fragte Coeller aufbrausend, „dass man für das Examen Geld brauche. Wir haben an einer der renommiertesten Universität in deutschen Landen studiert und unser Examen abgelegt."

„Wer das sagt? Ihr kennt die Frau, die das sagt: Aurelia von Knappersbusch. Ihr beiden habt sie in euren Armen aufgefangen, als sie vom Schmerz überwältigt in das offene Grab zu fallen drohte."

„War alles doch nur vorgespielt", meinte dazu von Beutelar, „die Aurelia lügt, wenn sie nur den Mund aufmacht."

„Aber warum sollte sie lügen? Sie ist doch nicht selbst betroffen. Sie hatte ja kein Examen zu bestehen."

„Kein Mensch ist mehr betroffen als die Aurelia. Sie hatte die Last, ihren Liebhaber diesen Amelius Arendson, der an ihr hing wie eine Klette und sie unbedingt heiraten wollte, irgendwie loszuwerden", schimpfte Coeller los. Und sein Freund und Studienkollege von Beutelar ergänzte: „Der passte doch überhaupt nicht zu ihr."

„Meint ihr, dass die Aurelia eher zu einem von euch beiden passen würde?"

„Oh, nein, Gott bewahre, Ich möchte mir an der Frau nicht die Hände schmutzig machen", widersprach von Beutelar.

„Wieso kannst du annehmen, dass du dir an der Aurelia die Hände schmutzig machst? Wills du die Frau einer Untat bezichtigen?"

„Ist doch wohl klar: Sie ist die einzige, die einen Vorteil davon hat, dass unser lieber Freund Amelius tot ist", erklärte Coeller. „Sie ist ihn endlich los."

„Ja, wer sonst als die Aurelia sollte wohl Schmutz an den Händen haben? Wir beide, wir sind nur die traurigen Hinterbliebenen", ergänzte von Beutelar den Nachruf.

Da wusste der Hofnarr Bescheid. Deshalb konnte er die beiden Besucher schnell verabschieden, und das ohne ihnen zu verraten, was er von dem hielt, was sie gesagt hatten.

26.

Das war ein erfolgreiches Gespräch, rieb Perkeo sich die Hände. Ja, schon viel mehr als ein Gespräch. Beinahe ein Verhör. Und das mit halben Geständnissen. Dabei musste der Hofnarr über sich selbst lächeln. In Innsbruck waren wir von der Clique „Die böse Sieben“ immer auf der Flucht vor den Gendarmen, jetzt spiele ich schon selbst den Gendarm. Macht fast genauso viel Spaß. Ja, wenn die Leute es so wollen. Wenn sie mit ihren Fragen und Nöten und ihrem Streit zu mir kommen, dann kann ich doch nicht anders, als ihr Ratgeber zu sein und ihr Helfer, aber auch ihr Gendarm und sogar Richter. Bei dem Gedanken stellte der Hofnarr sich auf die Fußspitzen, um so groß wie möglich zu sein.

Doch als er dann mit dem Pfalzgrafen zusammen saß, noch am selben Tag, weil er berichten sollte, was er im Falle des toten Kandidaten Amelius Arendson herausgefunden hatte, musste er es hinnehmen, dass Carl Philipp in größte Aufregung geriet. Weil er den Fall ganz anders sah. Der Pfalzgraf ließ die Wache kommen und gab den Befehl, die des Mordes verdächtige Aurelia von Knappersbusch sofort festzunehmen und in den Kerker zu werfen. Es war ihm anzumerken, wie glücklich er darüber war, endlich in Aktion treten zu können, sich als der Mann zu zeigen, der den Fall löst und die Missetäterin ihrer verdienten Strafe zuführt. Anders als üblich, fragte er seinen Lustigen Rat nicht nach seiner Meinung zu dieser Aktion, sondern beendete die Besprechung abrupt, weil er noch Wichtiges zu tun habe.

„Ach, wartet das Fieber etwa schon wieder vor der Tür?“, fragte Perkeo.

„Schluss mit lustig. Jetzt wird es Ernst. Deshalb brauche ich Ihn im Moment nicht mehr.“ Damit winkte der Pfalzgraf seinen Berater mit einer energischen Handbewegung hinaus.

Was bin ich jetzt, fragte Perkeo sich, als er zu seiner Kammer hochstieg. Dabei rieb er wieder mit dem linken Daumennagel an seinem Nasenflügel. Eine Verlegenheitsgeste, die ihn sehr ärgerte, wenn er sich dabei ertappte. Jetzt aber, auf der Treppe, wo ihn niemand sah, durfte sein Daumen sich so verräterisch verselbstständigen. Jetzt bin ich nicht mehr Ratgeber, überlegte er, auch nicht Gendarm und erst recht nicht Richter. Jetzt kann ich nur den Verteidiger spielen. – Ist das dann immer noch ein Spiel? Nein, wohl nicht. Die schöne Aurelia muss jetzt um ihr Leben fürchten. Bei Mord gibt es keine Gnade. Oh, verdammt, wie schnell aus Spiel doch Ernst werden kann.

Perkeo hatte das Gefühl, mit jeder Stufe, die er im Treppenturm hochstieg, ein Stück tiefer in einen Sumpf einzusinken. Kaum dass er die Beine noch bewegen konnte. Es zog ihn nach unten. Schon wurde ihm das Atmen schwer, als ob die Schlammmassen seinen Brustkorb zusammenpressten. Er reckte den Hals, warf den Kopf in den Nacken und riss den Mund weit auf, um Luft zu kriegen.

In diesem Zustand sah ihn Pater Staudacher, der Beichtvater des Pfalzgrafen, der die Treppe herabkam und besorgt fragte: „Was ist mit Ihm, Lustiger Rat? Ist Ihm nicht gut?"

„Wenn ich dich sehe, Pope, ist mir nie gut", schaffte Perkeo es doch noch, seiner Rolle als Hofnarr gerecht zu werden. Den Pater konnte er nicht leiden, weil der immer so ernst war und selbst bei Perkeos ulkigsten Einfällen niemals lachte. Doch jetzt wäre er brauchbar, fiel Perkeo dann ein.

„Pope", sagte er, „wenn du dich ausnahmsweise einmal nützlich machen willst, dann begib dich im Laufe des Nachmittags in den Kerker unter dem Glockenturm. Da ist ein Schäfchen, das den Trost seines Hirten braucht."

„Von wem spricht Er, Lustiger Rat?"

„Lass dich überraschen. Und bestell einen freundlichen Gruß von mir!"

Damit stieg Perkeo an dem Pater vorbei weiter die Treppe hoch, jetzt auf einmal etwas leichter. Tut halt gut, sagte er sich, eine kleine Frechheit angebracht und einen Gruß gesandt zu haben. Jetzt brauche ich erst mal eine Flasche vom guten Gänsfüßer. Egal ob der stopft oder nicht. Er soll mir die richtige Idee in den Kopf setzen.

So eifrig der Hofnarr am kleinen Tisch in seiner Wohnstube den Wein durch seine Kehle gluckern ließ, so emsig arbeitete sein Gehirn. Er glaubte es rascheln zu hören. Doch waren das nur seine Füße, die nicht Ruhe geben wollten. Bis ihm die kranke alte Gräfin von Schwertheim einfiel, die in der Haspelgasse wohnte. In ihrem Haus ist auch die Wohnung der schönen Aurelia, und in diesem Haus sind wir nackt herumgelaufen, um uns den nötigen Nachschub an Wein und Schinken aus der Vorratskammer der schlafenden Gräfin zu holen. Der Wein war gut, der Schinken ebenfalls. Dann muss auch die alte Gräfin gut sein. Ja, das ist die Idee. Ich muss zu ihr gehen und sie dazu ermuntern, sich um ihre Pflegerin Aurelia zu kümmern. Die vornehme Alte hat vermutlich noch viel Einfluss.

Aber, fiel Perkeo dann noch rechtzeitig ein, ich kann nicht als der Lustige Rat dort auftreten. Viel zu offiziell. Weiß ich doch nicht, wie die Gräfin darauf reagieren wird. Könnte ja so aussehen, als ob wir vom Schloss uns schuldig fühlen müssten. Weshalb ich als Abgesandter der Herrschaft …, nein, unmöglich. Deshalb werde ich als eine Freundin der schönen Aurelia bei ihr anklopfen. Dafür brauche ich Mädchenkleidung. Und die hole ich mir jetzt.

So brachte die Sorge um die schöne Aurelia den Hofnarren wieder einmal in die Kammer der Comtesse Dorothee. Selbst für seine kurzen Beine kein weiter Weg, weil der Frauenzimmerbau, in dem die Comtesse wohnte, gleich neben dem Friedrichsbau stand. Dabei empfand Perkeo das nötige Umspringen von dem einen schönen Namen auf den anderen schönen Namen schon als eine viel weitere Distanz.

„Schön, dass du da bist, Clemens“, begrüßte die Comtesse ihn mit unverhohlener Freude. Ich hatte dich erst für heute Abend erwartet.“

„Ich bin auch noch nicht da, muss mich nur schnell in ein Mädchen verwandeln, weil ich noch einen Besuch in der Stadt unten zu machen habe.“

„In der Stadt unten?“, fragte Dorothee ängstlich besorgt. „Wen willst du denn da besuchen?“

„Keine Sorge, meine liebe Dorothee, es geht zwar um eine Frau, aber nur um eine alte und kranke Frau. Also, ich weiß nicht, wie krank. Ich glaube, die Frau kann bloß nicht mehr aus dem Haus gehen. Jedenfalls ist sie schon sehr alt, soll aber eine sehr vornehme Dame sein."

Mehr Beruhigendes konnte Perkeo seiner Dorothee nicht sagen, wusste er doch selbst noch nicht, zu was dieser Besuch führen sollte. Auch war er nur mit dem halben Kopf bei der Sache, was die alte Gräfin und die schöne Aurelia betraf. Die andere Hälfte seines Kopfes ließ er in einer anderen Richtung arbeiten, nämlich in der Planung für den feierlichen Silvesterabend im Schloss. Diese Feier des Jahresendes muss ein besonderer Knalleffekt zieren, hatte er sich vorgenommen. Nicht nur, weil der Pfalzgraf das natürlich von mir als seinem Lustigen Rat erwartet, sondern vor allem, weil das jetzt zu Ende gehende Jahr 1718 das Jahr ist, in dem ich nach Heidelberg gezogen bin, der ganze Hof mit mir. Das muss ich besonders tief in die Annalen der Kurpfalz einritzen. Für die Ewigkeit.

27.

Der Pfalzgraf hatte wieder alle eingeladen, die er wichtig oder wenigstens reich genug fand, um sich mit ihnen gut zu stellen. Das entschuldigte er mit den hohen Schulden, die sein Bruder Jan Wellem anhäufen musste, um das kriegszerstörte Schloss wieder halbwegs wohnlich wirken zu lassen. „Wer weiß, wann ich diese Leute einmal brauche." Sein grenzenloses Bedürfnis nach Prachtentfaltung und Bewunderung erwähnte er in aller Bescheidenheit nicht als eine der Ursachen der hohen Verschuldung des Hofes.

Perkeo hatte von Carl Philipp den Auftrag bekommen, den Silvesterabend dieses Jahres 1718 zu einem unvergesslichen Erlebnis zu machen. Daraufhin hatte er seine feuerrote Perücke neu einfärben lassen: noch feuerroter. Er hatte die Musiker des Hofes eifrig proben lassen, hatte jedes Stück, das sie spielen sollten, selbst ausgesucht und nach der letzten Probe genehmigt. Die Theatertruppe des Hofes hatte eine Humoreske eingeübt, in der es darum ging, dass eine junge Frau sich zwischen zwei edlen Herren entscheiden musste, die darin wetteiferten, ihr Geschenke und Komplimente zu machen und bei ihrem Vater um ihre Hand anzuhalten, wobei sie allerlei tollpatschige Fehler machten. Also etwas ganz und gar nicht Ungewöhnliches. Aber zu mehr hielt Perkeo die Truppe auch nicht fähig, deshalb gab er sich mit diesem Stück zufrieden. Im Übrigen sollte der Abend in eine herrliche Völlerei münden, die den Übergang zum nächsten Jahr kaum noch bemerkbar machen würde. Dann käme noch der Überraschungseffekt. So die Planung des Lustigen Rats.

Der Abend kam, und es klappte alles. Die Musiker und die Schauspieler taten ihr Bestes, und das genügte den Gästen, die sich köstlich amüsierten. Darunter waren einige ältere Damen und Herren, die das Fest mit früheren Galaabenden auf dem Schloss vergleichen konnten und beteuerten: „Früher, also vor der Zerstörung, war das Schloss natürlich viel schöner, vor allem auch der prächtige Park, der viel bewunderte Hortus Palatinus, aber was damals fehlte, das war ein Mann wie unser Lustiger Rat. Der erst macht den Abend zum großen Fest."

So was hört man natürlich gern, wenn man als der Maître de Plaisir in die Pflicht genommen wurde. Perkeo hielt es nicht auf seinem Platz an der Seite des Kurfürsten. Er tänzelte herum, küsste und witzelte nach links und nach rechts, trank auf das Wohl von diesem und jenem, dass die Pokale klirrten, mal mit Weißwein, mal mit Rotem, mal mit Heidelberger Bier gefüllt. Dabei machte er es seiner Dorothee nicht leicht, sich immer an seiner Seite oder wenigstens in seiner Nähe zu halten. Als sie sich darüber beklagte, tat er das schroff ab: „Das ist die beste Übung für eine Frau, die eine gute Ehefrau werden will."

Es war später Abend, und die Gesellschaft hatte schon eifrig gebechert, als Pater Staudacher, der Seelsorger und Beichtvater des Pfalzgrafen, sich erhob und um Aufmerksamkeit bat. Selbstverständlich brach die Feierfröhlichkeit abrupt ab, so wichtig und angesehen war der alte Pater.

„Liebe Festgemeinde“, begann der Geistliche, „Wir feiern heute das Fest des heiligen Papstes Silvester I., der am letzten Tag des Jahres 335 gestorben ist. Ihm zu Ehren heißt der heutige Tag so, und ihm zu Ehren wollen wir jetzt eine kurze Andacht halten. Denn dieser große Führer unserer heiligen katholischen Kirche ist …“

„Wenn er sich etwas mehr Zeit gelassen hätte mit dem Sterben“, rief der Hofnarr laut dazwischen, „dann hätte er auch der Führer der ebenso heiligen protestantischen Kirche werden können.“

„Dem heiligen Silvester zu Ehren wollen wir jetzt“, setzte Pater Staudacher seine Rede fort, „aus ganzer Seele ein zum Himmel jauchzendes Te Deum singen.“

Damit stimmte der Pater das Lied auch schon an, und einzelne Gäste sangen mit. Das war der Moment, in dem es der Hofnarr für angebracht hielt, den draußen vor den Fenstern des Gläsernen Saalbaus wartenden Feuerwerkern das verabredete Zeichen zum Losschießen zu geben.

Damit begann ein wildes Lärmen, ein Donnern und Krachen und Zischen und Jaulen, dass die Gäste nach draußen eilten, um das Spektakel von Nahem zu erleben. Da konnten die Himmlischen das Te Deum, das der Pater brav weiter sang, mit Sicherheit nicht mehr hören. Darüber schüttelte der Pfalzgraf verärgert das Haupt mit der wallenden weißen Allonge-Perücke.

„Macht doch nichts“, versuchte Perkeo ihn zu beruhigen, „da oben kennt man das Lied längst. Also braucht man es nicht mehr zu hören.“

„Das wird Pater Staudacher mir bei der nächsten Beichte zum Vorwurf machen.“

„Ich kann dir eine schriftliche Entschuldigung geben, Pfalzgraf, weil ich der Schuldige war und nicht du.“

„Der Pater wird mir eine zusätzliche Buße auferlegen. So und so viele Vaterunser oder Avemarias extra.“

„Bedaure, aber die kann ich dir nicht abnehmen. Der Himmel würde nicht glauben, dass ich es ernst meine. Die würden da oben von Wolke zu Wolke fragen: Wo ist denn da der Witz? Dabei ist das alles doch witzlos.“

„Hüte Er seine Zunge, Lustiger Rat."
„Das heißt, ich habe jetzt Dienstschluss? Na prima."
„Oh nein, das heißt es nicht. Im Gegenteil. Ich will wieder lachen können. Also los!"

Da musste Perkeo sich schnell etwas einfallen lassen, etwas, das neben dem weiteren Essen und Trinken zum Lachen reizen könnte. Natürlich traf ihn dieser Wunsch des Schlossherrn nicht unvorbereitet. Mit dem lauten Ruf „Alle mal herhören" verschaffte er sich Aufmerksamkeit. Dann entschuldigte er sich scheinbar voller Reue für den Lärm, den die Feuerwerker gemacht hatten, erklärte dann aber: „Die Böllerei musste sein. Ist das doch eine uralte Methode, die bösen Geister, die uns belästigen wollen, in die Flucht zu jagen. Denn böse Geister sind sehr lärmempfindlich. Nun gibt es zwar Leute, die behaupten, dass es auf dem kurfürstlichen Schloss keine bösen Geister mehr gibt, seit der fromme Pater Staudacher hier herrscht. Aber ganz egal, dann böllern wir eben geistlos weiter."

Ein fröhliches Gelächter dankte ihm für diese Rede. Danach gab der Hofnarr bekannt, dass der Pfalzgraf einen neuen Barbier eingestellt habe. Den ließ er nun herbeiholen, in seinem Arbeitskittel, mit seinem Behandlungsstuhl und seinen Arbeitsutensilien.

„Ihr wisst, dass der Bart des Mannes gerade dabei ist, aus der Mode zu kommen", erklärte Perkeo dazu. „Die Männer sollen so glatte Gesichter haben wie die Frauen. Hier sind aber einige Herren unter uns, die noch kein imitiertes Frauengesicht haben. Die kann der Barbier jetzt zu sich herholen. Wer von ihm für das öffentliche Bartscheren ausgesucht wird, der hat kein Recht, sich zu weigern. Er muss mitspielen. So lautet die Spielregel."

Das gab viel Verlegenheit und viel stürmisches Hallo und immer wieder großes Gelächter, wenn der Barbier mit dem schönen Jagdmesser aus Toledaner Stahl mit dem dicken Hirschhorngriff, das der Hofnarr ihm vorher in die Hand gedrückt hatte, an den Bart eines gestandenen Mannes heranging, gleich ob das ein Höfling oder ein Soldat oder ein Kirchenmann war. Auch der alte Pater Staudacher verlor auf diese Weise seinen prächtigen Vollbart.

„Der Pater sieht auf einmal aus wie seine eigene Frau“, rief Perkeo lachend. Doch gleich darauf verging ihm das Lachen. Denn der Barbier holte sich den Hofnarren heran.

„Dem Lustigen Rat wächst zwar kein richtiger Bart, aber er ist etwas stoppelig“, verkündete der Barbier. „Deshalb ist er jetzt dran.“

Da half kein Zögern und kein Hinweis auf den fehlenden Bart. Die Gäste wollten sehen, wie der Hofnarr glattgeschabt wird. Also bemühte der Barbier sich mit dem schönen Jagdmesser nach Kräften, die Wangen und das Kinn Perkeos noch glatter als glatt zu machen. Bei dieser ungewöhnlichen Rasur war er aber so aufgeregt und ungeschickt, dass er Perkeo an einigen Stellen schnitt. Der erduldete das wortlos und ohne das Gesicht zu verziehen. Doch als der Barbier fertig war und er seinen Kunden aus dem Behandlungsstuhl aufstehen ließ, fragte der: „Darf ich den Meister des Bartschwerts wohl um ein Glas Wasser bitten?“

„Um Gottes willen“, rief der Barbier voller Entsetzen, „ist Euch über meiner Arbeit schlecht geworden, verehrter Lustiger Rat?“

„Das nicht“, antwortete Perkeo, „Ich will nur überprüfen, ob meine Wangen noch dicht sind, ehe ich weiter guten Wein in mich hineinschütte.“

28.

Glück muss der Mensch haben, sagte Perkeo sich am frühen Abend des Neujahrstages. Er hatte nicht gewusst, wie er in die Wohnung der alten Gräfin kommen könnte, da die schöne Aurelia im Kerker saß. Doch dann hatte die Aufwartefrau, die gerade dabei war, das Haus der Gräfin in der Haspelgasse zu verlassen, ihn hereingelassen. So sah er sie zum ersten Mal, die

Gräfin von Schwertheim. Wirklich nur eine alte Frau, wie Aurelia ihm gesagt hatte. Klein, mager, runzelig mit schütterem Grauhaar, also unansehnlich, wenn auch mit einer gewissen Vornehmheit in ihrem Auftreten und Sprechen. Schon wie sie ihr geringes Gewicht immer wieder auf den Stock verlagerte, den sie bei den wenigen Schritten hin und her in ihrer Wohnung benutzte. Auf einen schwarzen Stock mit einem dicken silbernen Knauf, der wie ein Tierkopf geformt war, stützte sie sich. Was für ein Tier das war, konnte Perkeo nicht sehen, die kleine papierweiße Hand war stets fest um den Knauf geklammert. Die Humpelalte hätte jedenfalls nicht zur Haustür herunterkommen können, um für mich aufzuschließen.

„Eine Freundin meiner Aurelia, sagst du, meine Kleine. Und Serafina ist dein Name? Ein schöner Name. Sind ja viele Menschen aus Italien nach Heidelberg gezogen nach der letzten Zerstörung der Stadt. Frisches Blut aus dem Süden. Nur gut für uns, war auch dringend nötig. Aurelia hat dich nie erwähnt, Serafina. Erstaunlich eigentlich. Kann aber auch sein, dass ich das überhört habe. Manchmal spricht sie etwas zu leise für meine Verhältnisse. Erweist sich doch mein Gehör als noch älter als ich es bin.“ Dabei beäugte die alte Gräfin den Hofnarren in Mädchenkleidung mit angestrengt blinzelnden Augen, wie es Leute mit beginnender Blindheit zu tun pflegen.

„Mich wundert, dass Aurelia noch nicht da ist. Wo bleibt sie nur? Ist sie doch sonst immer so zuverlässig.“

Perkeo kam sich vor, als ob er als Märchenprinz mit Tarnkappe auftreten würde. Das gefiel ihm. Mal ein ganz anderes Spiel. In einer ganz anderen Kulisse. Die edel geformten Möbel, so altertümlich wirkend wie die Kleidung der Gräfin. Dazu fein gewirkte Vorhänge vor den Fenstern und der große Kachelofen, der eine wohlige Wärme ausstrahlte. So kann man leben, überlegte er. Aber nun muss ich endlich mit der Wahrheit herausrücken, egal, wie die alte Gräfin darauf reagieren wird.

„Die immer so zuverlässige Aurelia kann heute nicht kommen“, sagte er mit mühsam hoher Stimme. „Sie ist verhaftet worden und sitzt im Kerker des Schlosses.“

„Ach, da könnte ich ja lange auf sie warten. Gut zu wissen, wo sie ist", meinte die alte Gräfin, die zu Perkeos Verwunderung vollkommen ruhig blieb. Bis ihr dann aber doch noch einfiel: „Ach so, was ich noch fragen wollte. Weswegen hat man meine Aurelia denn eingesperrt?"

„Man sagt, dass sie ihren Geliebten Amelius Arendson ermordet hat."

„O tempora, o mores! Einen Geliebten, wenn man so glücklich ist, dass man einen hat, den ermordet man doch nicht, den liebt man."

„Sie hat ihn vielleicht nicht mehr geliebt, deshalb."

„Ja, wer weiß, was in einer Mädchenseele vorgeht. Bei uns Frauen kommt der Verstand meist erst gegen das Gefühl an, wenn wir vom langen Leben verschlissen und ergraut sind. Ist aber kein Problem, mein Schwiegersohn wird sie aus dem Kerker herausholen. Aurelia kann ja nur irrtümlich eingesperrt worden sein, denn sie ist eine so feine reine Seele, die niemals einen Mord begehen könnte."

„Euer Schwiegersohn, sagt Ihr, der soll sie rausholen. Wer ist denn Euer Schwiegersohn?"

„Er ist einer der fähigsten Juristen des Landes. Der allseits bekannte Professor und Doktor beider Rechte Antonius Paulus von Stegwitz."

„Ach der? – Ja, den habe ich schon einmal gesehen. Der rauchte eine lange holländische Pfeife und fuhr vierspännig durch die Stadt."

„Nun ja, so großartig der Mann ist, das ist seine schwache Seite: Er liebt den Luxus und zeigt gern, wie bedeutend er ist. Für den Lebensstil, den er liebt, wirft er das Geld mit beiden Händen aus dem Fenster. Zwei Pferde täten es doch auch. Das sagt meine Tochter ihm immer wieder. Aber er muss vier Pferde vorspannen lassen."

„Wenn er sich das leisten kann."

„Selbstverständlich kann er sich das leisten. Er verdient viel Geld. Das zeigt, wie bedeutend er ist für die hehre Wissenschaft der Jurisprudenz. Ich werde gleich morgen nach ihm schicken und ihm sagen, dass ich Aurelia umgehend wieder zur Verfügung haben will. Solange kannst du hierbleiben und mir ein wenig zur Hand gehen, Serafina."

„Ich? Hierbleiben? – Ja, wenn Ihr meint, dass Euer Schwiegersohn die Aurelia so schnell aus dem Kerker holen kann."

„Für einen von Stegwitz keine Schwierigkeit. Er und der oberste Richter des Strafgerichts, der kurfürstliche Obergerichtspräsident, oder wie er sich nennt, Eduard von Pannwitz, die sind alte Freunde. Schon vom Studium her. Die hatten sich sofort gemocht, weil sie beide einen so altehrwürdigen Namen haben, der schon darauf hinweist, wie gewitzt sie sind."

„Ja, wenn Ihr meint, liebe verehrte Gräfin von Schwertheim."

„Sag einfach Gräfin zu mir, Serafina, das genügt vollauf. Und im Übrigen, ich habe bereits mein Nachtessen zu mir genommen, brauche jetzt also nichts mehr. Vorläufig kannst du die Kammer der Aurelia benutzen. Die ist im Obergeschoss. Hier, das ist der Schlüssel."

Ein Nachtessen, das war für Perkeo auch in der Rolle der Serafina kein Thema. Er hatte keinen Hunger. Sein Organismus hatte sich längst damit abgefunden, vor allem mit flüssiger Nahrung bedient zu werden. Deshalb dankte er nur kurz für das Angebot eines Nachtquartiers und fügte schnell an: „Sicher wollt Ihr vor dem Zubettgehen noch einen Schlaftrunk nehmen, Gräfin. Ich hole schnell eine Flasche Wein rauf. Was trinkt Ihr, Weißen oder Roten? Lieber süßen oder herben Wein?"

„Ach, meine Kleine. Für eine alte Frau kann das Leben gar nicht süß genug sein. Und blutrot wie die Rosen des Liebesboten muss es sein. Wenn auch alles nur noch Erinnerung ist, egal, Erinnerung ist doch alles."

Die Gräfin sah etwas verwundert zu, wie geschwind die Neue in den Keller verschwand, wie schnell sie mit drei Flaschen Gänsfüßer wieder hoch kam, wie gekonnt sie dann die erste Flasche entkorkte, eingoss und ihr ein fröhliches „Wohl bekomm's, Gräfin!" wünschte. Sie wollte dazu etwas sagen, aber als sie sah, dass ihre neue Helferin im Hinunterstürzen und Nachschenken des Weins sogar noch schneller war als im Heranschaffen, verzichtete sie auf jeden Kommentar und bemühte sich nur, beim fröhlichen Pokulieren, wie sie das nannte, halbwegs Schritt zu halten.

Die beiden sprachen über den toten Amelius Arendson, der wirklich „ein guter Junge" gewesen sei, und über Aurelia, die eigentlich doch für so einen Bürgerlichen „zu schade" sei. „Eine Zeit lang hat er sie so beeindruckt, das sie schon fast bereit war, auf sein Liebeswerben einzugehen", erklärte die Gräfin, „aber dann war Aurelia doch nicht sicher, ob sein Begehren wirklich ihr galt oder nicht bloß dem höheren Stand, den er durch sie erreichen wollte. Deshalb hat sie sich in diesem Herbst von ihm getrennt. Aber in Frieden, nicht im Streit."

„Ging es da nicht auch um Geld?", fragte Perkeo mit Serafinas Stimme, was ihm jetzt mit dem süßen Roten schon viel leichter fiel.

„Ja, Aurelia wollte ihm das Geld geben, das er brauchte, um das Examen zu schaffen. Nur so aus alter Verbundenheit, wie sie mir gesagt hat. Aber Amelius war zu stolz, von der Frau Geld anzunehmen, die ihn nicht heiraten wollte. Er hat ihr Angebot grob zurückgewiesen.

„Aber wieso brauchte er überhaupt Geld für das Examen? Genügt es denn nicht, viel zu lernen?"

„Ach, Kindchen, du kannst Fragen stellen. Ist doch allgemein bekannt, dass es geschickt ist, mit einem gut gefüllten Beutel Münzen für den Vorsitzenden der Prüfungskommission ein wenig nachzuhelfen."

„Dieser Vorsitzende, wer ist das denn?"

„Das ist der Professor von Stegwitz."

„Das ist also Euer Schwiegersohn?"

„Ja, ein tüchtiger Mann."

„Und die beiden Studienfreunde von Amelius Arendson, die das Examen bestanden haben. Hatten die mit einem Beutel Geld ein wenig nachgeholfen?"

„Selbstverständlich. Jeder mit einem Beutel Geld. Ist doch gut angelegt, wenn man damit in eine berufliche Position kommt, in der man schon bald sehr viel Geld verdienen kann."

„Hatten die beiden Freunde denn gewusst, dass ihr Freund Amelius kein Geld hatte, um bei der Prüfung ein wenig nachzuhelfen?“

„Aurelia hat gesagt, das habe Amelius seinen Freunden gestanden.“

„Und haben die Freunde ihm auch gesagt, dass sie mit Beuteln voller Geld nachhelfen?“

„Ja, selbstverständlich. Ja, ja, aber das soll diesem Amelius gar nicht gefallen haben. Der war ja ein bisschen lebensfremd, um nicht zu sagen, etwas schüchtern. Aber, oh Gott, jetzt bin ich nicht mehr nüchtern, – ich glaube, ich gehöre in mein Bett. Hilf mir auf das verschwiegene Örtchen, Serafina, und bring mich in meine Schlafkammer und ins Bett.“

29.

„Eine verdammt wunderliche Welt“, seufzte Perkeo, als er endlich in der Kammer der Schönen Aurelia saß, die dritte Flasche Gänsfüßer in der Hand. Das Glas hatte er nicht mitgenommen. Er trank gleich aus der Flasche. Und als er sie absetzte, schnupperte er in die Luft, erpicht darauf, doch wenigstens noch einen Rest von Aurelias Duft mitzukriegen, vielleicht sogar noch etwas von ihrem Atem,wenn sie selbst schon so unerreichbar war. Ein Hofnarr ist wahrhaftig so was wie das Mädchen für alles, sinnierte er vor sich hin. Sogar gut genug dazu, eine alte Frau ins Bett zu bringen. Ich sollte sie nur gut zudecken. Richtig eingewickelt wollte sie sein, weil es so kalt sei draußen. Dabei war bei ihr so gut geheizt. Viel besser als hier die Kammer der Aurelia. Es fröstelte ihn. Deshalb schlich er eilig noch einmal in den Keller, um weitere zwei Flaschen vom Roten raufzuholen. Mit denen verkroch er sich dann ins Bett, aber nicht zum Schlafen, sondern zum Sitzen mit bis zum Hals hochgezogener Zudecke und zum Schlucken, Schlucken, Schlucken und vor sich hin Denkeln, wie er das nannte, wenn er seinen Gedanken die Zügel schießen ließ.

Jetzt bin ich wieder im Bett der schönen Aurelia, aber dummerweise diesmal ohne sie. Wenn ich das meiner Dorothee erzähle, das wird sie mir nicht glauben. Ja, sie wartet in ihrer Schlafkammer auf mich, hat die Tür nicht verriegelt und ist schon ganz an die Wand gerückt, um mir neben sich Platz zu machen, damit ich mich an sie drücken kann. In dieser wonnigen Kuhle, ja, da wäre ich jetzt viel lieber als in diesem leeren Bett. Ein gesunder, junger Mann wie ich in einem Weiberbett ohne Weib. Was sich mir hier bietet, das ist doch ein Hohn.

Aber der Aurelia geht es jetzt noch viel schlechter als mir. In dem Kerker unter dem Glockenturm gibt es nur eine Strohschütte in der Ecke, mehr nicht. Wenn ich dem glauben darf, was mir der Oberstjägermeister von Hacke einmal erzählt hat. Als Zugabe gibt es da noch einen stabilen Eisenring, der in die Wand eingelassen ist. Gefährliche Gefangene werden angekettet. Für die Delinquenten keinerlei Komfort. Kein Bett, kein Fenster, kein warmer Ofen und natürlich auch kein Wein. Zudem nur ein Eimer ohne Deckel. Wenn Aurelia auch nicht angekettet sein wird, so gefährlich ist sie ja nicht, das hat sie nicht verdient, die Schöne. Obwohl sie so schrecklich auf die Männer geschimpft hat, auf alle Männer, also auch auf mich. Da kann ich der alten Gräfin vertrauen, die hat einen Blick für Menschen. Wenn sie sagt, dass Aurelia keine Mörderin sein kann, dann ist Aurelia keine Mörderin. Deshalb werde ich mich gleich morgen um sie kümmern. Damit sie aus dem schaurigen Kerker heraus kommt. Wer weiß, wann der alte Freund von Professor Stegwitz Zeit und Lust hat, sich um ihre Freilassung zu bemühen.

Was die Gräfin mir einfach so erzählt hat, das war doch genug, um etliche andere in den Kerker zu bringen. Wegen Bestechung, genau genommen wegen Bestechen und Bestochen-Werden. Aber das scheint hier so üblich zu sein. Sogar an der Universität, auf die der Pfalzgraf so stolz ist. Das Juwel seines Landes, wie er gern sagt. Wenn ich ihm berichte, dass selbst die alte Gräfin von Schwertheim bestens Bescheid weiß über die schrecklichen Verhältnisse an seiner geliebten Universität, wird er mich inständig bitten, was dagegen zu tun. Und nicht nur bitten wird er, nein, er wird daraus gleich wieder einen neuen Auftrag machen. Also berichte ich ihm besser nicht davon. Denn – was könnte ich daran ändern? Ich bin ein Spaßmacher, kein Weltverbesserer. Ich mache die Welt nicht gut und will sie auch gar nicht gut haben. Denn – wenn die Welt wirklich gut wäre, korrekt und anständig, wie könnte ich dann noch meine Späße über sie machen? Nur gut, dass ich mich darauf verlassen kann: Die Welt wird nicht gut, nicht korrekt und nicht anständig. „Doch jetzt hör auf damit, Clemens. Jetzt ist es gut", gab er sich strenge Anweisung.

Schon glaubte Perkeo, sich einer weinseligen Stimmung hingeben zu können, da fiel ihm ein: Moment mal, es geht hier ja nicht nur um so was. Auch nicht bloß um Bestechung. Da ist ja auch noch dieser grässliche Mord. Zwei tiefe Stiche ins Herz. Ja, immer noch kann der Pfalzgraf mich fragen, wer der Mörder des Linkshänders Amelius Arendson war. Und ich? Ich kann dann nur mit der Schulter zucken und sagen: „Das weiß doch ich nicht. Ich war ja nicht dabei, kannst du mir glauben."

„Dann sollte Er sich, verdammt noch mal, gefälligst darum bemühen, es zu wissen!", wird er aufbrausen. Und ich werde sagen: „Lass mich erst einmal die Aurelia aus dem Kerker holen und sie ausführlich befragen. Sie wird mir wohl sagen können, wer der Mörder war."

Natürlich kommt dann prompt die Frage: „Wieso glaubt Er das?"

„Nun, weil der Getötete ihr Liebhaber war", kann ich dann sagen. „Menschen, die einmal ineinander verliebt waren, haben ein so tief gehendes Fühlen und Wissen miteinander, dass sie mehr wissen als all deine Geheimen zusammen, Pfalzgraf. – Was haben die dir überhaupt bisher an Erkenntnissen eingebracht?"

„Nichts", wird er zugeben müssen, zähneknirschend, doch dann wird er mich wieder belehren, das sei ja auch nicht ihre Aufgabe. „Die Geheimen halte ich mir nicht für das Aufspüren von Verbrechern. Meine Geheimen sollen meine Untertanen immer und überall so fest im Blick haben, als sähe ich selbst jedem einzelnen ständig über die Schulter. Jedem, sodass er überhaupt nicht zum Verbrecher werden kann."

Damit sind wir dann bei dem anderen Lieblingsspielzeug des Pfalzgrafen, bei seinen Geheimen. Und er wird mir vorschwärmen, wie gut diese unsichtbaren Männer sind, wie ergeben und unermüdlich, zwar ohne Gesicht und doch überall zugegen und stets hellwach und …

Darüber schlief er endlich ein, der Hofnarr namens Serafina, im mollig warmen Bett der schönen Aurelia.

30.

Das Heidelberger Schloss in heller Aufregung. Am Vorabend hat es einen Überfall gegeben. Eine Kutsche von Thurn und Taxis, in der nur ein einziger Fahrgast saß, soll wie jede Woche um diese Zeit auf dem Weg von Köln nach Heidelberg gewesen sein, als sie im Dunkeln angehalten und ausgeraubt wurde.

Zwei Geheime sind beim Pfalzgrafen zum Rapport erschienen und melden: „Auf dem Fahrweg unterhalb der Odenwaldberge in Höhe von Weinheim wurde die Fahrt der von Köln kommenden Kutsche am Abend unterbrochen, weil man auf dem dunklen Weg mit heftig geschwenkten Laternen um Hilfe bat. Als der Kutscher mit energischem Griff in die Zügel die beiden Pferde zum Stehen brachte, sprang ein Mann hinzu und schlug ihm mit einem Kantholz auf den Kopf, sodass er bewusstlos vom Bock fiel. Als der einzige Passagier verwundert über den Aufenthalt den Kopf aus der Kutsche streckte, bekam er ebenfalls einen wuchtigen Schlag auf den Schädel, der ihn bewusstlos machte. Beide Männer sind inzwischen aufs Schloss gebracht und wieder aufgewacht, können aber nichts über die Täter sagen, weil es dunkel war und alles zu schnell ging. Das einzige Transportgut, eine kleine Geldtruhe einer Kölner Bank, die der einzige Fahrgast zu überbringen hatte, ist verschwunden. Diese Truhe hat zum Glück aber kein Geld enthalten. Denn der Passagier, ein Agent der Kölner Bank, hat ausgesagt, die kleine Truhe sei sehr leicht gewesen. Die konnte von den eilig geflüchteten Räubern deshalb ohne Schwierigkeiten mitgenommen werden. Sie stellt aber keinen erheblichen Wert dar, weil sie aus gewöhnlichem Eichenholz gefertigt ist, ohne alle Intarsienarbeiten oder Bemalungen. Die Beschläge sind nicht aus Edelmetallen, sondern aus ordinärem Blech und auch nicht …“

„Ei, verflucht“, unterbrach der Pfalzgraf den Bericht, „ich werde ausgeraubt bis aufs Hemd und muss mir so was anhören. Und Perkeo ist nicht da. Der einzig gescheite Mann in diesem Affengehege, das man Schloss nennt, ist unauffindbar. Was soll ich nur davon halten? Und was mache ich jetzt ohne meinen Berater?“

Als die beiden Geheimen dann auch noch die Vermutung äußerten, dass der verschwundene Hofnarr eventuell mit den Räubern gemeinsame Sache gemacht haben könnte und deshalb jetzt untergetaucht sei, verdientermaßen aber ohne den erhofften Geldschatz, geriet der Pfalzgraf völlig in Rage und schaffte die beiden Männer eigenhändig vor die Tür.

Danach erst konnte der Pfalzgraf sich ungehindert seiner Verzweiflung hingeben: „So steht man als Herrscher da, so hoch über dem Leben wie der Mond über der Erde. Prächtig anzusehen, ja, aber allein gelassen ist man machtlos und ratlos. Wie soll ich mein Land in Ordnung bringen, wenn ich nicht die Leute habe, die sich damit befassen? Eine ordentliche Verwaltung ist erst im Aufbau. Und wo mag Perkeo sich bloß wieder unerlaubt herumtreiben?“

Carl Philipps Aufregung war nur zu berechtigt. Wusste er doch: Die kleine und betont schlichte Truhe, die mit der normalen Post von Thurn und Taxis transportiert wurde, um unauffällig zu bleiben, enthielt einen Packen der Bancozettel der Kölner Banco di gyro d'affricatione. Der neue Geldersatz, der weit mehr Wert darstellte als eine Truhe voller Münzen. Diese regelmäßigen Fahrten mit den kleinen, leichten Schatztruhen waren nötig, um die laufenden Ausgaben des Hofes abzudecken.

„Was ist jetzt mit den laufenden Ausgaben?" Mit diesem Seufzer brachte der Pfalzgraf sich zurück auf die sachliche Ebene. Ich muss mit meinem Obristkämmerer sprechen. Den Freiherrn von Sickingen sofort herkommen lassen? Nein, ich gehe zu ihm, um ihm zu zeigen, wie wichtig er mir jetzt ist. Und schon machte der Pfalzgraf sich auf den Weg hinüber zum Ruprechtsbau, in dem sein oberster Beamter, der Vermögensverwalter der gesamten Kurlande, residierte.

Bereits ein wenig früher war auch Perkeo unterwegs, und zwar auf dem vielstufigen Weg hinauf zum Schloss auf halber Höhe über der Stadt. Jede Stufe ein bisschen zu hoch für seine kurzen Beine. Aber es musste gehen. Er hatte gut geschlafen, auch wunderschön geträumt, von der schönen Aurelia, die so liebevoll zugänglich war wie noch nie, ohne die Kratzbürstigkeit, die er kennengelernt hatte, als er das erste Mal auf ihrer Bettstatt war. Gerade hatte sie ihm einen guten alten Rotwein gebracht. Er hatte die Flasche geöffnet und daran geschnuppert und sich schon auf den ersten Schluck gefreut. Doch während er noch nach einem Glas suchte, hatte die alte Gräfin an der Klingelschnur gezerrt, die ihre Schlafkammer durch ein enges Loch in der Decke mit der Schlafkammer der Aurelia verband. Da war er wach. „Oh, verdammt", schimpfte er vor sich hin, „hätte ich Dummkopf in meinem schönen Traum den Wein doch gleich aus der Flasche getrunken. Jetzt ist er weg."

Doch da half kein Bedauern. Er musste raus aus dem warmen Bett und rein in die unbequeme Mädchenkleidung und hinunter und fragen, um was es gehe.

„Ja, guten Morgen, liebe Serafina. Ich hoffe, du hast gut geschlafen in dem fremden Bett."

„Ja, danke. – Guten Morgen, Gräfin."

„Aber jetzt musst du mir ein wenig helfen bei der Morgentoilette und beim Anziehen. Ich bin morgens immer so steif vom langen Liegen. "

„Ich? Helfen?" – Das war zu viel für Perkeo. Und da gerade die Zugehfrau erschien, die er bitten konnte, ihn zu vertreten, verabschiedete er sich unverzüglich mit der Ausrede: „Ich will mich ganz schnell um die arme Aurelia im Kerker kümmern."

„Ja, tu das, mein Kind. Die arme Aurelia braucht jetzt noch mehr Hilfe als ich. Für heute hat sich übrigens mein Schwiegersohn, der Professor von Stegwitz bei mir zum Kaffee angemeldet. Ich werde ihm die Hölle heiß machen, dass er sich sofort zu seinem Freund von Pannwitz begibt, damit der Aurelias Freilassung verfügt."

„Der Stegwitz kommt? Na, dann nichts wie weg. Und ich lasse grüßen." Damit war Perkeo auch schon auf und davon, mit ihm die kleine Serafina.

31.

Sie trafen sich vor der Tür des Ruprechtsbaus, der Pfalzgraf und sein Hofnarr. Zufällig. Und sie reagierten so überrascht, wie das bei solchen Zufallstreffen üblich ist.

„Da ist Er ja endlich, der Lustige Rat. Und wieso kommt Er mir in Mädchenkleidung?"

„Freut mich zu sehen, dass du schon herumläufst, Pfalzgraf, um mich zu suchen. Musst mich ja sehr vermisst haben. Aber meine Verkleidung ist nicht für dich gedacht, die gehört zu einem anderen Spiel."

„Na, meinetwegen. Aber jetzt geht es nicht mehr ums Spielen, jetzt wird es Ernst. Denn es geht um viel Geld. Ich bin gerade dabei, den Obristkämmerer aufzusuchen. So kann Er gleich mitkommen."

„In der Aufmachung?"

„Kann man drüber wegsehen." Wenn der Pfalzgraf nicht so großen Wert auf die höfische Ordnung hielt, dann brauchte sein Hofnarr das erst recht nicht zu tun. Also ging er als Serafina mit zum Obristkämmerer.

Im Arbeitszimmer des obersten Beamten der Kurlande waren sie dann als drei Überraschte versammelt. Als Erstes gab Carl Philipp bekannt, dass es am Vorabend einen Überfall auf einen Wagen mit wertvoller Fracht gegeben habe. „Zwei Unbekannte haben im Schutze der Dunkelheit aus der Kutsche von Thurn und Taxis die kleine Truhe mit den Bancozetteln geraubt, die für die laufenden Ausgaben der Hofhaltung vorgesehen waren. Die Täter müssen gewusst haben, dass diese Kutsche jede Woche um diese Zeit gerade diesen Weg nimmt und dass die Truhe leicht ist, weil nicht mit Münzen gefüllt, sondern mit dem neuen Geldersatz."

„Tüchtige Leute", meinte Perkeo, wobei er den Kopf in Denkerhaltung auf seine Rechte stützte. „Die Kerle sollte man dem Pfalzgrafen vorstellen. Der sucht doch händeringend tüchtige Leute."

„Ja, zweifellos tüchtig", ergriff der Freiherr von Sickingen das Wort, offensichtlich, um seinen Dienstherrn gegen das Lästermaul Perkeo abzuschirmen. „Aber die Leute erscheinen mir im Moment weniger wichtig als die Frage, wie das viele Geld wieder herzuschaffen ist, weil sich so ein hoher Minusposten nicht ohne Weiteres aus anderen Pluskonten ersetzen lässt."

„Mir erscheint beides gleich dringlich", tat der Pfalzgraf entschlossen. „Ich will die Täter haben, und ich will das Geld zurückhaben." Um dann aber gleich verunsichert die Frage anzuhängen: „Oder ist das ganze Geld jetzt unwiederbringlich verloren?"

„Die Bancozettel haben für Räuber zwar den Vorteil, dass sie leicht sind", erklärte von Sickingen, „sie haben daneben aber den Nachteil, dass sie fortlaufende Nummern tragen. Jeder Schein hat eine andere Nummer. Und in der Buchführung der Kölner Bank wird es nicht anders sein als in jeder anderen ordentlichen Buchführung: Die Scheine werden mit ihren Nummern verbucht sein. Immer von Nr. So bis Nr. Soundso."

„Wenn also jemand irgendwo mit einem Schein bezahlt, der eine Nummer der geraubten Scheine trägt", ergänzte Perkeo, „dann verrät er sich als Täter."

„Aber nur, falls wir die Nummern der geraubten Scheine kennen“, gab Carl Philipp zu bedenken.

„Ja, das ist die Voraussetzung“, stellte von Sickingen klar.

„Deshalb mein Vorschlag, Pfalzgraf“, sagte Perkeo, „lass einen schnellen und vertrauenswürdigen Boten zu der Kölner Bank reiten, mit einer Brieftaube im Käfig am Sattel. Die Kölner sollen der Taube einen Zettel applizieren, auf dem steht: Von Nr. So bis Nr. Soundso war in der Truhe.“

„Eine gute Überlegung“, bemerkte dazu der von Sickingen. Und der Pfalzgraf entschied spontan: „Genau so, wie der Lustige Rat es vorschlägt, wird es gemacht. Aber die Täter will ich auch einfangen. Die sollen hängen.“

„Dabei muss man wohl von der Tatsache ausgehen“, meinte der Freiherr von Sickingen in sehr vorsichtigem Ton, „dass wir die Täter kennen, dass sie also zum Kreis des Hofpersonals gehören, weil sie so gut Bescheid wussten über den Transport der Papiere.“

„Unmöglich“, widersprach Carl Philipp, „dann hätten meine Geheimen, die immer und überall alles im Auge haben, sie gekannt.“

„Willst du damit sagen, Pfalzgraf“, warf Perkeo ein, „dass wir alle, die hier am Hofe leben, von deinen Geheimen jederzeit überwacht sind?“

„Ja, ganz sicher. Alle sind jederzeit überwacht. Deshalb können sich alle hier am Hofe jederzeit sicher fühlen.“

„So stellt man positiv dar, was nicht negativ gesehen werden soll“, kommentierte Perkeo diesen Ausspruch.

„Nein, es ist das die Sicherheit, die uns das System der Geheimen gibt. Wir wissen, dass keiner vom Hofe zu den Tätern gehört. Denn meine Geheimen hätten ihn schon vor Ausführung der Tat entlarvt und so die Tat verhindert.“

„Es sei denn, die beiden Täter gehörten selbst zu deiner ruhmreichen Mannschaft der Geheimen, Pfalzgraf.“

Carl Philipp war wie vor den Kopf geschlagen. Er saß da und starrte seinen Hofnarren wortlos an. Als dann der Freiherr von Sickingen auch noch meinte: „Das klingt nach einer durchaus plausiblen Möglichkeit“, stand der Pfalzgraf von seinem Sitz auf, schwerfällig wie ein alter Mann, und wankte zur Tür. „Ich werde sofort den Boten nach Köln schicken", murmelte er überm Hinausgehen.

32.

Aber jetzt keine weitere lästige Ablenkung mehr. Was interessiert mich der Überfall auf eine Geldkutsche. Ich habe versprochen, mich um die arme Aurelia zu kümmern. Also weg mit dem Mädchenkram und wieder der Lustige Rat werden, in meinem offiziellen Gewand als Ritter und Kammerherr mit Schlüsselgewalt. Ich muss diese Verwandlung nur so heimlich schaffen, dass Dorothee mich nicht sieht, sonst lässt sie mich nicht zu Aurelia.

Perkeo schlich in den Mädchensachen zu seiner Kammer. Dort wusste er, was er vor dem Spiegel, den der Pfalzgraf ihm geschenkt hatte, zu tun hatte. So wurde im Nu aus der kleinen Serafina der zweitwichtigste Mann am Hofe. Die vornehm wirkende Einladung zu dem Weihnachtsfestessen, ein schönes Dokument mit Wappen und großer Signatur des Pfalzgrafen, lag noch in seiner Kammer auf dem Tisch. Perkeo steckte sich das Schmuckblatt in den Ärmel. Ist zwar längst erledigt, aber wer weiß, wozu das schöne Papier noch brauchbar ist. Und schon war er auf dem Weg zum Kerker unter dem Glockenturm.

„Aufmachen!" Der kurze, hart gebellte Befehl genügte. Schon entriegelten die beiden Wächter die Kerkertür, rissen sie diensteifrig auf und ließen den Lustigen Rat hineingehen. Mit bedeutungsschweren Schritten, die sie seinen kurzen Beinen wohl kaum zugetraut hatten. Perkeo genoss den großen Auftritt, und noch mehr genoss er dann das freudige Aufblitzen in den Augen der Gefangenen, die sich mühsam aus der Ecke gegenüber der Tür erhob und mit kleinsten Schrittchen auf ihn zu schlurfte.

„Mein Gott, Aurelia", entfuhr es ihm. „Mit Fußfesseln?"

„Ihr habt mich grüßen lassen, Lustiger Rat, und jetzt kommt Ihr zu mir in den Kerker", flüsterte sie, „wollt Ihr Euch jetzt über mich lustig machen?"

„Was ich hier sehe, das ist wahrhaftig nicht lustig", antwortete er ihr nur. Doch dann zu den Wächtern hinter ihm mit strengem Ton: „Die Fußfesseln abmachen!"

Doch die Kerle machten keine Bewegung. „Eine Anweisung von seiner Hochwohlgeboren", widersprach der eine, und der andere ergänzte: „Zum persönlichen Schutz der Gefangenen."

„Was heißt hier zum persönlichen Schutz der Gefangenen", herrschte Perkeo den Mann an.

„Weiß nicht", konnte der nur antworten. Doch der andere sagte geradeheraus: „Damit sie die Beine nicht auseinander tun kann." Das ließ Aurelia mit einem schrillen Aufschrei zusammenbrechen.

Da nahm Perkeo die Einladung zum Weihnachtsfestmahl aus dem Ärmel, hielt sie den Wächtern vors Gesicht, weil er sicher war, dass die Kerle nicht lesen könnten, und schnauzte sie an: „Auf schriftlichen Befehl des Pfalzgrafen und Kurfürsten Carl Philipp ist die Frau sofort freizulassen, weil ihre Unschuld erwiesen ist. Ich bin hier, um sie abzuholen. Und Beeilung, sonst gibt's eine Meldung."

Wie der Hofnarr die Wächter angebellt hatte, das zeigte sofort Wirkung. Aurelia wurde hastig von der Fessel befreit. Sie sprang auf und warf sich ihrem Befreier voller Dankbarkeit so heftig in die Arme, dass sie zusammen mit ihm gegen die Kerkerwand taumelte.

„Nur schnell weg von hier!", flüsterte er und zog sie mit sich auf den Gang hinaus. Dann erst fiel ihm die Frage ein: Wohin jetzt?

Aurelia hockte da und rieb sich die Beine. Sie sagte kein Wort, weinte nur still vor sich hin. Da nahm er sie an die Hand, riss sie hoch und zog sie mit sich durch die Gänge, die zum Treppenturm führten. „Erst mal zu mir. Da kannst du dich sauber machen. Und sobald es dunkel ist, kannst du dann heimgehen. Dort wartet dein schönes weiches Bett auf dich. Die Kissen habe ich aufgeschüttelt."

„Ihr habt bei mir die Kissen aufgeschüttelt, Lustiger Rat?"

„Ja, ich habe letzte Nacht in deinem Bett geschlafen, und habe wirklich gut geschlafen."

„Aber wieso?"

„Weil du nicht da warst. Alles andere werde ich dir erklären, sobald wir in meiner Klausnerei hoch oben unterm Dach sind."

Als die beiden den Aufstieg aus der erbärmlichen Unterwelt in die luftige Höhe mit Weltblick geschafft hatten und endlich bei einem Glas Wein zusammen saßen, gab es viel zu berichten. Sogar lachen konnte Aurelia wieder. Als sie sich vorstellte, wie Perkeo die Serafina gespielt hat, in einem Kleid der Dorothee, war sie hingerissen von Bewunderung. „Ihr seid für mich der Größte, lieber Lustiger Rat".

Aurelia beteuerte immer wieder, dass sie sich nicht vorstellen könne, warum man sie in den Kerker gebracht und auch noch gefesselt hat. Weil sie doch unschuldig sei. Und sie wunderte sich, dass Perkeo dazu nicht sagte, er glaube ihr, sondern: „Ich weiß, dass du unschuldig bist."

„Ihr wisst, dass ich unschuldig bin, sagt Ihr, Lustiger Rat?"

„Ja, ich weiß es, und deshalb habe ich dich aus dem Kerker geholt."

„Mit dem schriftlichen Befehl des Pfalzgrafen, mich freizulassen."

„Nein, ich handle nicht gern und nur sehr selten auf Befehl. Das war bloß ein alter Wisch. Die Einladung zur Sauatzung am Vorabend vor Weihnachten." Dabei zeigte er ihr das schöne Dokument. „Den Pfalzgrafen werde ich morgen darüber aufklären, dass er dich aus dem Kerker entlassen hat – und warum das richtig war."

Aurelia dankte ihrem Retter mit vielen Umarmungen und Küssen und fühlte sich danach in seinem Bett noch wohler, als Perkeo sich in ihrem Bett gefühlt hatte. Weil sie nicht allein war in dem Wonneweichen. Und dazu der Kontrast zu der Strohschütte der letzten Nacht und die verflogene Angst vor dem Schafott. „Wie im Himmel", jubelte sie.

33.

Wen wundert's, dass der Hofnarr am nächsten Tag sehr dringlich zum Pfalzgrafen gerufen wurde. Und dass ihm, wie er da vor dem großen, grimmigen Hausherrn stand, mit deutlichen Worten eine Eigenmächtigkeit vorgeworfen wurde, die beispiellos sei. Jetzt war es der Pfalzgraf, der wie ein Vorsteherhund bellte: „Eine beispiellose Eigenmächtigkeit!"

„Ja", gab Perkeo zu, offensichtlich unbeeindruckt und lächelnd, „als dein Lustiger Rat muss ich mir immer wieder etwas Neues einfallen lassen. Das muss selbstverständlich immer beispiellos sein, aber es muss Spaß machen. Der Aurelia und mir hat es Spaß gemacht. Und wenn du der Schönen nun die Gelegenheit gibst, sich bei dir für ihre Entlassung aus dem Kerker zu bedanken, wirst auch du Spaß haben, da bin ich ganz sicher."

Carl Philipps Miene wurde noch wilder. „In meinem Land herrscht das Gesetz, und es gibt Gerichte. Da kann nicht jeder machen, was er will, denn …"

„Das sehe ich genauso", unterbrach der Hofnarr ihn. „Du, Pfalzgraf, mit deinem Lustigen Rat an der Seite, du stehst über dem Gesetz. Deshalb kann außer dir und mir keiner machen, was er will. Du hast dir erlaubt, die Aurelia in den Kerker zu werfen, ich habe mir erlaubt, sie aus dem Kerker zu holen. Keiner von all deinen Untertanen hat hierbei gemacht, was er will. Also ist alles in bester Ordnung."

Der Pfalzgraf seufzte und schüttelte den Kopf. „Er macht mir das Leben schwer mit Seiner verfluchten Art, alles immer ganz anders zu sehen. Ich glaube, ich muss Ihn aus dem Schloss jagen, denn Er ist unerträglich."

„Ja, dein Leben ist schwer, Pfalzgraf", entgegnete Perkeo. „Das glaube ich dir sogar. Aber was soll ich erst sagen? Du erlebst mich doch nur manche Stunde, dagegen ich, ich muss mich ständig ertragen, bei Tag und bei Nacht, und kann mich nicht einfach fortjagen."

Da konnte Carl Philipp wieder lachen. „Setzen wir uns", sagte er dann, „und kommen wir zur Sache. Sein Vorschlag, einen schnellen Boten samt Brieftaube zu der Kölner Bank zu schicken und nach den Nummern der Bancozettel zu fragen, war gut. Der Bote wird noch gestern Nacht in Köln eingetroffen sein. Er muss dann heute früh mit dem Direktor der Bank gesprochen haben. Deshalb erwarte ich jetzt jeden Moment das Eintreffen der Brieftaube mit den Nummern der Bancozettel. Der Mann am Taubenschlag hat Anweisung, sich unverzüglich mit dem Zettel bei mir einzustellen."

„Hoffentlich kommt die Taube sofort zu uns aufs Schloss und lässt sich nicht erst noch von der blechernen Taube auf der Turmspitze der Heilig-Geist-Kirche zu einem kleinen Liebesabenteuer verführen."

Doch der Pfalzgraf blieb unbeirrt bei der Sache: „Es ist also nur noch eine Sache der Geduld, bis wir die Täter haben, die mit den geraubten Bancozetteln etwas bezahlen. So können wir uns dem anderen Fall zuwenden. Wie weit ist Er mit der Aufklärung des Todes von Amelius Arendson gekommen, Lustiger Rat?"

„Herrje, ich bin ein schlechter Aufklärer. Zwar weiß ich, dass Amelius Arendson tot ist, und ich weiß, womit er getötet wurde, auch weiß ich, dass er nicht durch Selbstmord zu Tode gekommen sein kann, weil er ein Linkshänder war. Insoweit bin ich absolut sicher. Aber sein Mörder hat sich leider bei mir noch nicht gemeldet."

„Ich bin sicher, das wird ihm auch in den nächsten hundert Jahren nicht einfallen."

„Was die Sache für mich ein wenig erschwert."

„Wenn die Sache nicht schwierig wäre, hätte ich sie nicht Ihm aufgetragen, Lustiger Rat, sondern einem anderen meiner vielen Höflinge."

In dem Moment wurden die beiden durch den Auftritt des Taubenzüchters unterbrochen. Die Lakaien hatten Anweisung, ihn unverzüglich vorzulassen, so kam der Mann in seinen ziemlich verdreckten Kleidern zu ihnen in den Besprechungsraum. Erst stand er verwirrt da, weil er nicht wusste, wie er den Landesherrn, immerhin Pfalzgraf und Kurfürst, ordnungsgemäß zu begrüßen hätte, dann kniete er auf dem

Teppich nieder. Da lief Perkeo schnell zu ihm hin und half ihm auf. Dabei wollte er ihm den Zettel mit den Nummern aus der Hand nehmen, doch da war kein Zettel.

„Wo ist das Briefchen?"

„Erst eine ist zurück", hechelte der Mann, noch hinter Atem vom Herrennen. „Lustiger Rat, wenn Ihr bitte sehr mitkommen wollt zum Taubenschlag. Die beiden anderen Tauben, die müssen gleich kommen. Eine von denen hat ..."

„Die eine und die anderen, sagst du. Was soll das heißen?"

„Weil so besonders wichtig, da habe ich dem Boten drei Tauben mitgegeben, meine besten Flieger. Sicher ist sicher. Aber die erste hat nichts. Hat sie wohl verloren. Die anderen beiden aber, die kommen bestimmt mit Botschaft. Kommt mit und guckt, wenn sie kommen."

Pfalzgraf Carl Philipp, der mitgehört hatte, winkte sein Einverständnis. „Wirklich Mädchen für alles", murmelte Perkeo vor sich hin, als er sich auf dem Schlosshof mit dem holprigen Pflaster bemühte, mit dem Taubenzüchter Schritt zu halten. Natürlich vergebens. Der diensteifrige Mann war fast doppelt so groß wie der Hofnarr und auch doppelt so schnell.

Perkeo hatte, als er schon in der Tür war, dem Pfalzgrafen nur noch zurufen können: „Ich bringe den Zettel sofort her!"

So geriet der Lustige Rat, kaum dass er aus den Mädchenkleidern und dem Dienst bei der alten Gräfin raus war und dann auch noch aus dem Kerker, in die nächste ihm fremde Welt. Der Hofnarr im Taubenschlag überm Frauenhaus.

34.

Die alte Gräfin von Schwertheim hatte kein Glück mit den guten Beziehungen, auf die sie vertraut hatte. Professor von Stegwitz, ihr geschätzter Schwiegersohn, war nicht zum Kaffee zu ihr gekommen. Sie hatte deshalb einen Boten zu ihm geschickt, mit einem Briefchen, in dem sie ihn aufforderte, sich umgehend für die Freilassung ihrer geliebten und tadellosen Pflegerin Aurelia einzusetzen, die zu Unrecht eingekerkert sei. Doch der Bote kam mit dem Briefchen zurück und mit der Meldung: „Der Herr Professor ist auf Reisen."

Und auf die Frage „Wohin?" gab es nur ein hilfloses Schulterzucken.

Was hilft mir nun die alte Freundschaft zwischen meinem Schwiegersohn und dem Obergerichtspräsidenten? Überhaupt nichts. Ich müsste einen anderen Weg finde, an den Richter heranzukommen. Ja, wenn Aurelia hier wäre. Die könnte ich zu dem Herrn von Pannwitz schicken. Die Männer sind doch Wachs in den Händen einer so schönen jungen Frau, alle Männer, egal, wie wichtig sie sind. Weil sie alle gleich dumm sind und den Kopf verlieren, wenn sie so was Hübsches sehen. Ja, das ist die Idee. – Aber nein, es geht ja gerade darum, dass Aurelia aus dem Kerker kommt. Wenn sie in Haft ist, kann ich sie doch nicht zu ihrem Richter schicken, damit sie ihn so bezirzt, dass er sie aus der Haft entlässt. Ach, ja, der verdammte Kerker. Vielleicht müsste ich mich selbst auf den Weg machen, um …

Weiter kam die alte Gräfin nicht mit ihren strategischen Überlegungen. Und das war gut so. Weil inzwischen auch die kompliziertesten Pläne keinen Sinn mehr hatten. Denn auf einmal ging die Tür auf und Aurelia trat vor die Gräfin.

„Verehrte Gräfin, entschuldigt bitte mein Versäumnis, aber ich konnte nicht eher kommen, man hatte mich in den Kerker geworfen. Ich hoffe, Ihr seid auch ohne mich einigermaßen zurechtgekommen. Jetzt stehe ich wieder voll zu Eurer Verfügung."

„Ach, liebe Aurelia, darum brauchtest du dir keine Sorgen zu machen. Die Vertretung, die du mir geschickt hast, die kleine Serafina, die war wirklich liebevoll bemüht und wusste, wie man mit einer alten Frau umgeht."

„Die kleine Serafina? Ich habe keine Serafina zu Euch geschickt. Ich kenne überhaupt keine Serafina."

„Ja, aber ich meine doch, sie hieß Serafina. Dieser italienische Name. Aber ich kann mich auch irren. Manchmal bringe ich doch das eine mit dem anderen durcheinander, egal."

Natürlich war das die Eröffnung eines längeren und intensiven Gesprächs zwischen der alten Gräfin und ihrer Pflegerin. Wobei zuerst der Verdacht aufkam, dass eine Betrügerin die Gelegenheit wahrgenommen haben könnte, die Gräfin zu berauben. Aber bei schneller Durchsicht der Truhen und Schränke, stellten die beiden fest, dass nichts fehlte, kein Geld und kein Schmuck.

„Nur mein Weinvorrat hat stark abgenommen", erzählte die Gräfin dann mit einem Erinnerungslächeln, „weil diese eigentlich ganz famose Serafina einen ungewöhnlichen Durst hatte. Wir haben zusammen einige Flaschen vom Roten geleert. Also vor allem die Serafina, denn ich konnte so schnell so viel nicht trinken. Du weißt ja, ich muss mich doch dann immer gleich erleichtern. Aber Serafina war mir immer sehr nett behilflich. Wirklich eine gute Vertretung, die du da geschickt hast."

„Habe ich aber gar nicht geschickt."

„Macht ja nichts. Mich wunderte nur, dass das Mädchen eine recht tiefe Stimme hat. Ich sehe zwar nicht mehr gut, aber ich höre umso besser. Das ist ja eine Gnade der Mutter Natur, dass sie uns diesen Ausgleich schenkt. – Wobei war ich noch? – Ach ja, die ungewöhnlich tiefe Stimme des Mädchens. Kenne ich sonst nicht bei dem italienischen Menschenschlag. Ihre Eltern müssen wohl aus dem alpinen Raum kommen, da wo noch das Ladinische vorherrscht. Die Leute sprechen da so, wenn mich meine Erinnerung an die ersten Reisen mit meinen lieben Mann nicht täuschen. Gott habe ihn selig."

Die schöne Aurelia wusste ja Bescheid über Serafina, was sie jedoch nicht verraten wollte. Lieber für immer darüber schweigen, befahl sie sich. Doch den, der sich als ihre Vertreterin in Mädchenkleidung hier eingeschmuggelt hatte, den würde sie sich bei nächster Gelegenheit in aller Strenge vornehmen. Der sollte sich nur noch einmal bei ihr sehen lassen. Dann würde sie ihm den Unterschied von Mann und Frau so richtig intensiv klarmachen.

35.

Der von der schönen Aurelia strenge Zurechtweisung erleiden sollte, Perkeo, der hätte sich gerne wieder bei ihr sehen lassen. Die Erinnerung an das zweimalige Abenteuer im Bett mit ihr ließ ihn nicht los. Und er hoffte auf das dritte Mal. Sagt man doch: Alles Gute ist drei. Das müsste also noch kommen. Und müsste das Beste sein. Leider konnte Perkeo sich nicht gleich auf dieses Abenteuer einlassen. Sollte er doch den Mord an dem armen Amelius Arendson aufklären. Nur wusste er nicht, wie.

Dazu kam: Seine Dorothee hatte ihn zu lange nicht mehr gesehen. Dabei wusste er, dass sie sich bei Tage die Augen aussieht nach ihm, nur sehr ungern vergebens, und dass sie nachts die Kammertür nicht verriegelt hat, weil sie auf ihn wartet. Und dass sie weint, wenn er nicht kommt. Eine Frau an der Hand zu haben, ist ja was Schönes, überlegte er. Man kann zugreifen, wann immer man das Bedürfnis hat. Dabei bedenkt man meistens nicht, dass wer zur Hand ist, selbst auch Hände hat, die zupacken wollen – und festhalten, festhalten, festhalten.

Aber dafür muss man dann Verständnis haben. Also ging Perkeo hinüber zum Frauenzimmerbau, wo seine Dorothee wohnte. Ohnehin musste er ihr das geliehene Kleid zurückbringen. Er wurde mit spürbarer Kühle empfangen, sodass er zu seiner Entschuldigung gar nicht schnell genug erzählen konnte, was alles passiert war seit ihrem letzten Zusammensein, als sie ihn weiblich eingekleidet hatte. Sein Auftritt als Serafina in ihrem Kleid bei der alten Gräfin von Schwertheim gefiel Dorothee. Dass er anschließend im Bett der Aurelia enttäuscht war, weil allein, erst recht. Da konnte seine Dorothee wieder lachen und sich an ihn drücken. Dass er dann die Aurelia aus dem Kerker geholt hatte, fand sie jedoch unnötig. Dass er sich dafür vom Pfalzgrafen einige Vorwürfe anhören musste, passte ihr. Und sich ihren Clemens Perkeo im Taubenschlag vorzustellen, oben hoch über ihr, auf dem Dach des Frauenhauses, zusammen mit dem langen Taubenmann, das machte ihr richtig Spaß.

Für seine Dorothee war die Welt wieder in Ordnung. So konnten die beiden sich einen schönen Abend mit Wein und schmackhaftem Essen und vielem Kuscheln gönnen. Auch mit vielen Bestätigungen, dass sie doch zusammengehörten und immer füreinander da sein wollten, egal was das Schicksal noch an Schwierigkeiten bringen würde. Wie man so redet, wenn man jung und verliebt ist und nur darauf wartet, dass man erschöpft einschläft, eng beieinander oder sogar aufeinander.

Perkeo wusste, der Pfalzgraf war beruhigt, weil er das Taubenbriefchen mit den Nummern der geraubten Bancozettel hatte. Er verließ sich auf seine Geheimen, die überall einen Blick auf das Papiergeld werfen sollten, wo größere, nicht alltägliche Geschäfte abgewickelt wurden. Die Möglichkeit, dass zwei von seinen Geheimen den Überfall auf die Geldkutsche gemacht hätten, hatte er nach anfänglichem Erschrecken weit von sich gewiesen: „Meine Geheimen sind Mann für Mann von mir persönlich ausgesucht worden. Die Männer sind absolut zuverlässig und über jeden Verdacht erhaben."

„Womit du, Pfalzgraf, einen guten Schritt weitergekommen bist in der Suche nach den Tätern", hatte Perkeo das mit schiefem Grinsen kommentiert.

„Warte Er's nur ab."

„Ich wüsste nichts, was ich lieber tue als abwarten. Das Schöne am Nichtstun ist ja, dass es trotzdem keinen Stillstand gibt, weil die Welt sich weiterdreht und meine Mitmenschen sich so verdreht zeigen wie immer."

Wie recht der Hofnarr damit haben sollte. Während er sich wieder zu seiner Dorothee begab, um nichts anderes zu tun als das Leben zu genießen, rollte die vierspännige Reisekalesche des Professors von Stegwitz den Rhein entlang nach Norden. Der Professor hatte sich auf eine längere Reise vorbereitet und auch seinem Kutscher entsprechende Anweisung gegeben. Also schwerer Mantel und breiter Hut, warmer Schal, Pelzdecken, zwei Paar gefütterte Stiefel, Fäustlinge, Nachtgewand sowie lange Strümpfe und Unterwäsche zum Wechseln. Das

Reiseziel hieß Köln. Mehr hatte er seinem Kutscher nicht gesagt. Und er hatte sich auch nicht beim Verstauen seines Reisegepäcks helfen lassen. Als Jurist hat man mehr als überreichlich Erfahrung, was das Fehlverhalten der Menschen betrifft, deshalb ist man lieber übervorsichtig als fahrlässig. So hätte der Professor sein Verhalten erklärt, wenn einer gefragt hätte: „Was soll das?“ Aber da war kein Frager. Der Professor war allein in seinem großen Wagen, und dem Mann auf dem Bock sagte er erst, als sie nach tagelanger Rappelfahrt auf schlechten Wegen und etlichen Nächten in schlechten Gasthausbetten die Stadtgrenze von Köln erreicht hatten, in welche Straße er die Kutsche lenken sollte.

Vor dem Gebäude der Banco di gyro d'affricatione ließ er anhalten. Das war ein Bau, der sich kaum von den anderen dreigeschossigen Patrizierhäusern in dieser offenbar vornehmen Straße unterschied. Nur dass ein blank geputztes Messingschild mit dem italienischen Namen der Bank neben der Tür als etwas Fremdes auffiel. Den Professor störte das nicht. Er nahm die flache Ledertasche, auf der er während der ganzen Fahrt gesessen hatte, klemmte sie sich unter den Arm und betrat die Bank, um nach der Geschäftsführung zu fragen.

„Es geht um einen größeren Geldbetrag“, sagte er. Woraufhin er von dem Direktor der Bank in dessen Kontor gebeten wurde. Die Tür wurde hinter den beiden Herren geschlossen, und ein Lakai bezog vor der Tür Posten. So perfekt gesichert wurde ein Gespräch in absoluter Diskretion geführt. Das war bei dieser Bank Prinzip. Ein besonderes Entgegenkommen der Bank, das von ihren Kunden sehr geschätzt wurde. Was aber den Nachteil hatte, dass das Gespräch zwischen dem Professor und dem Bankdirektor hier deshalb nicht wiedergegeben werden kann. Nur dass es um einen größeren Geldbetrag ging, war bekannt. Dann fiel auf, dass der Direktor der Bank zwischendurch eine geflüsterte Anweisung an einen Mitarbeiter gab und dass auf dem Hof der Bank ein Mann eine schriftliche Notiz in die Hand gedrückt bekam, worauf er sich hastig auf ein Pferd warf und losritt. Im Übrigen dauerte das Gespräch des Professors mit dem Bankdirektor ungewöhnlich lange.

Doch hatte man dem Kutscher des Professors erlaubt, auf den Hof der Bank zu fahren, und die vier offensichtlich etwas strapazierten Pferde aus dem Geschirr zu nehmen, damit sie sich erholen könnten. Dazu war Futter und Wasser herangeschafft worden, und der Kutscher war eingeladen worden, sich in dem Raum für die Bediensteten der Bank zu erfrischen und zu stärken.

36.

An eine sofortige Rückfahrt war an diesem schönen Wintertag ohne Neuschnee nicht mehr zu denken. Dafür wurde es zu früh dunkel. Und in der Dunkelheit auf den immer noch verschneiten, oft auch vereisten Wegen zu fahren, war ein zu großes Risiko. Zudem müsste man mit allerlei Gesindel rechnen, das sich im Schutz der Nacht über den prächtigen Reisewagen hermachen könnte. Professor von Stegwitz war ein sehr vorsichtiger Mensch. Deshalb sagte er sich, als er endlich mit vielen freundlichen Worten von dem Bankdirektor verabschiedet worden war: Ich muss also in Köln in einem Gasthof übernachten. Die Hauptsache, das Geschäft ist erledigt.

Die Bancozettel aus seiner Ledertasche waren wie gewünscht in Münzen umgetauscht worden. Zwar wusste er über die noch recht neuen Bancozettel bestens Bescheid, wusste auch, dass sie wie vollgültiges Bargeld zu handeln seien, und doch war ihm klingende Münze lieber. Er erklärte das damit, dass er ein traditionsbewusster Mensch sei. Deshalb diese aufwendige Umtauschaktion. Seine Geldsäckchen würde er am nächsten Morgen – so lange sollten sie zur Sicherheit im Tresor der Bank bleiben – dort abholen. Die würde er dann eigenhändig in seiner Kutsche verstauen, in dem abschließbaren Kasten unter dem Einstieg in die gut gefederte und ausgepolsterte Gondel.

So geschah es dann auch. Der Professor machte sich schon früh, mit sich und der Welt zufrieden auf den Weg Richtung Heimat. Der Kutscher auf dem Bock sang vergnügt vor sich hin. Das Wetter machte keine Schwierigkeiten. Die vier Pferde hatten sich in der Nacht gut erholt und liefen so munter, dass die Fahrt eine rechte Freude war. Das Geschäftliche war geregelt, also konnte der Professor die tagelange Fahrt als eine recht abwechslungsreiche Rheinreise durch viele schöne Städtchen und Dörfer genießen. So manchen Namen einer Gemeinde kannte er längst, weil er auf Weinflaschen gestanden hatte, die er geleert hatte. Das war jeden Abend ein freudiges Wiedersehen. Wenn man den Wein des Ortes kennt, weiß man alles über den Ort und seine Bewohner, sagte er sich. So konnte er sich längere Aufenthalte sparen und zügig von einem Nachtquartier zum nächsten weiterfahren.

Doch als die Reisekalesche endlich in Heidelberg ankam und gegen Abend auf die Straße am Neckar einbog, um zu dem Haus des Professors am rechten Neckarufer, gleich gegenüber vom kurfürstlichen Marstall, zu gelangen, gab es eine böse Überraschung. Mit Flinten bewaffnete Gendarmen hielten den Wagen an und forderten den Professor in rauem Ton auf auszusteigen.

„Was ist hier los?", herrschte der die Bewaffneten an. „Wozu dieser Aufenthalt? Ich habe eine lange Fahrt hinter mir und will jetzt sofort in mein Haus."

„Aussteigen!", befahl der Führer der Gendarmerie. Dann fragte er aber doch noch vorsichtshalber: „Professor Doktor Antonius Paulus von Stegwitz?"

„Ja, der bin ich. Übrigens Doktor b e i d e r Rechte."

„Auf Anweisung unseres allergnädigsten Landesherrn, des Pfalzgrafen und Kurfürsten bei Rhein, Carl Philipp, Ihr seid verhaftet."

„Was? Wieso das denn?"

„Bedaure, aber zu weiteren Erläuterungen bin ich nicht autorisiert. Also denn, kommt mit mir. Wir fahren mit meiner Kutsche zum Gefängnis."

„Aber warum denn?“

„Alles Weitere ist Sache des Vernehmungsrichters.“

„Aber in meinem Wagen sind noch Werte, die …“

„Das ist uns bekannt. Werden wir alles sicherstellen. Den Schlüssel zu dem Kasten bitte, in dem sich die Säckchen mit den Münzen befinden.“

Sprachlos vor Staunen und Entsetzen über die Kenntnis des Gendarmeriechefs und von plötzlich aufkommender Angst gewürgt, übergab der Professor mit zitternder Hand den Schlüssel zu dem Kutschkasten und ließ sich dann ohne jeden Widerstand zu der Kutsche führen, die ihn ins Gefängnis bringen sollte. Dabei überschlugen sich seine Gedanken in ihrem Eifer, eine Erklärung für seine Verhaftung zu finden und möglichst auch das richtige Argument, das ihm die Freiheit wiedergibt. Doch hatte er nur Vermutungen in diese und jene Richtung, die nichts an Erkenntnis einbrachten, nur einen schmerzhaft-hektischen Gedankenleerlauf erzeugten.

„Das kann doch alles nicht wahr sein“, murmelte er schließlich vor sich hin. „Das ist doch unmöglich.“

„Ich muss Euch warnen, Professor von Stegwitz“, sagte der Gendarm neben ihm. „Alles, was Ihr sagt, kann gegen Euch verwendet werden.“

„Ja, schon gut, ich sage nichts mehr.“

Welch einen harten Kontrast bot dieser Schreck-Abend mit der nun auf den Professor wartenden anschließenden Nacht im Gefängnis zu dem glücklich verbrachten Abend in Köln, der in eine erquickliche Nacht geführt hatte. Schon das Erlebnis, das ihm der Gasthof mit dem schönen Namen „Oase“ geboten hatte. Kaum hatte der Professor sich vorgestellt als „Doktor von Stegwitz“ und die ihm zugewiesene Kammer betreten, hatte sich die Wirtin mit einer Bitte an ihn gewandt.

„Ach, lieber Herr Doktor, gut dass Ihr gerade in mein Haus kommt. Meine Tochter ist so schlecht dran“, jammerte sie. „Bittschön seit doch so gut und schaut einmal nach ihr. Sie hustet so schrecklich. Sicher könnt Ihr meiner Tochter helfen. Sie soll mir nicht auch noch wegsterben, genau wie mein

Mann. Sie hat doch mit ihren siebzehn Jahren das ganze Leben noch vor sich."

„Nun ja", hatte der Professor nach einem kurzen Zögern gesagt, „ich will Euch gern helfen, gute Frau. Zwar habe ich mein ärztliches Instrumentarium nicht dabei, aber ich bin gerne bereit, Eurer Tochter einmal die Lunge abzuhorchen. Sagt ihr, sie solle sich schon einmal oben herum frei machen. Ich komme gleich zu Euch."

Die kranke Siebzehnjährige bescherte dem Professor dann ein Erlebnis, das er wohl nie vergessen würde. Gut entwickelt, wie sie war, bot sie ihm nicht nur ihren makellosen Rücken zum Abhorchen. Um eine sichere Diagnose stellen zu können, musste der alte Herr sein heißes Ohr auch auf ihre linke Brust drücken und auf die rechte Brust, während er sie husten ließ. Und dann wollte der Doktor doch lieber noch mit dem anderen Ohr den Befund bestätigt bekommen.

„Nicht so einfach festzustellen", sagte er, „die Lungenflügel sind unterschiedlich stark in Mitleidenschaft gezogen." Und presste sich dem Mädchen wieder an den Busen, um den Krankheitsherd genauer verorten zu können. Dabei erlebte er noch einmal, was ihn an seine Jugendzeit erinnerte: Immer war die Lust nicht nur schön, sie war auch fordernd, und der Wunsch, die Lust noch zu steigern, führte unweigerlich zur nächsten Aktion. Doch wusste er und spürte es in dem Moment deutlich, dass diese Aktion nicht mehr möglich wäre. Sie war vorbei, die Jugendzeit. Welch ein Schreck. Deshalb beendete er die Ordination schnell mit der Anweisung: „Viel warme Milch mit Honig trinken, im Übrigen strenge Bettruhe, abgedunkeltes Zimmer! Dann wird Eure Tochter schnell wieder gesund."

Er selbst hatte nach diesem so schönen wie erschreckenden Abenteuer nicht einfach zu Bett gehen können. Der Professor hatte zunächst noch die Gastwirtschaft „Bierfässchen" gleich gegenüber von seinem Gasthof aufgesucht, um dort das selbst gebraute Bier zu probieren, das der Wirt Kölsch nannte und das besonders gut sein sollte. Er probierte und probierte und fand dabei schnell einen Gesprächspartner, der sich freute, einen Gelehrten aus dem fernen und viel gerühmten Heidelberg kennenzulernen. Natürlich war man gleich zu seiner Profession gekommen. Unvermeidlich, weil der Professor wieder einmal betont hatte, dass er nicht nur einfach ein Doktor sei, sondern sogar ein Doktor beider Rechte.

Da wurde der Kölner lebhaft: „Dat is doch Quatsch, Mensch. Et jibt nur ein Recht. Entweder et is wat mein jutes Recht oder et is Unrecht. Dat haben uns schon die alten Römer beijebracht. Also nix mit beiderlei Recht."

„Das mit Recht und Unrecht, das seht Ihr ganz richtig", musste der Professor zugeben. „Und doch gibt es auch zweierlei Recht."

„Wieso dat?"

„Neben dem, was für uns alle das Recht ist, weil es den Gesetzen unseres Landes entspricht, uns alle deshalb berechtigt und verpflichtet, gibt es noch ein anderes Recht. Das ist das kanonische Recht, das heißt das Recht der Katholischen Kirche."

„Un wie soll ma dann wissen, wat dat richtige Recht für einen is?"

„Für jedermann gilt das allgemeine Recht, aber für Katholiken steht, wenn es um kirchliche Belange geht, das kanonische Recht darüber."

„Zweierlei Recht, so en Quatsch."

„Das ist kein Quatsch. Das bringt die Religion so mit sich."

„Ja, wenn dat so is, dann han ich domit nix zo dunn. Denn ich jon in keene Kirsch. Mein Jott luurt mich aus dem Bierjlas an."

Obwohl der Professor sehr schnell bemerkt hatte, dass sein Gegenüber nicht für ein ernsthaftes Gespräch gerüstet war, war er bei dem so freundlich amüsanten Einheimischen in der Gaststube sitzen geblieben und hatte mit ihm ein Bier nach dem anderen getrunken. War er doch gewohnt, ahnungslose Köpfe mit Wissen zu bestücken. Für ihn immer ein Genuss, weil er sich gern als der Klügere zeigte. Deshalb machte es ihm an diesem bierseligen Abend in Köln nicht einmal was aus, dass er nachher die meisten Bierchen, wie der Kölner das

Kölsch in den kleinen schmalen Gläsern immer nur nannte, bezahlen musste. Und das Kölner Gebräu brachte ihn hinterher in dem bequemen Gasthofbett sehr schnell in einen erholsamen Tiefschlaf.

Welch ein Unterschied zu der primitiven Pritsche in der Gefängniszelle, auf der er sich jetzt frierend in die raue Pferdedecke einzuhüllen versuchte. Mit leerem Magen und ohne ein einziges von den Kölner Bierchen. Auch ohne den guten Wein aus Oberlustadt, von dem er einen reichen Vorrat in seinem Keller wusste. Leider jetzt auch ohne all die leckeren Weinsorten in den Ortschaften, die er am Rhein aufgereiht gefunden hatte.

Meine Frau wird schon eine Flasche Gänsfüßer geöffnet haben, weil sie damit gerechnet hat, dass ich heute Abend eintreffen kann, hungrig und durstig, und mich erschöpft von der langen Fahrt in meinen Lieblingssessel fallen lasse. Hoffentlich hat der Gendarm ihr inzwischen Bescheid gegeben über diesen Zwischenfall. Ich hatte es ihm intensiv auf die Seele gebunden, und er hat es fest versprochen. Das Trinkgeld, das ich ihm dafür geben wollte, hat er rigoros abgelehnt, der Dummkopf. Aber das lässt mich hoffen. Sind doch immer die Dummen die Zuverlässigsten.

Mein Gott, wie soll man unter diesen Umständen einschlafen können, fragte sich der Professor in der Zelle. Und nahm sich besonders hartnäckig vor, jetzt nicht mehr hinter seinen Gedanken herzulaufen, sondern zu schlafen. Sofort und einfach so. Damit er am nächsten Tag einen klaren Kopf habe, wenn er dem Untersuchungsrichter Rede und Antwort stehen muss. Deshalb jetzt sofort aufhören mit den Hin-und-Her-Überlegungen und nur noch schlafen. Sein Pech: Für diesen rigorosen Entschluss kriegte er von dem unbekannten Gott des Schlafes auf schonungslose Weise beigebracht, dass man ihn nicht nötigen darf. Weil der unerbittliche Schlafgott einem dann überhaupt keinen Schlaf schickt.

„Oh, verflucht, wie lang doch so eine Nacht sein kann."

37.

So stolz Pfalzgraf Carl Philipp auf seinen Hofnarren Perkeo war, er hatte doch manchmal Schwierigkeiten damit, das grenzenlose Selbstbewusstsein des kleinen Kerls zu ertragen. Immerhin war doch er der Größte in seinem Land. Deshalb glaubte er immer mal wieder, den Kleinen, den er zum Lustigen Rat erhoben hatte, ermahnen zu müssen: „Er sollte bedenken, dass Er ein Zwerg ist.“ Kein Gedanke daran, dass der ihn störende Größenwahn gerade aus diesem Bedenken hervorwuchs.

Er hatte den Lustigen Rat zu sich gebeten mit dem Hinweis, man sei einen guten Schritt weiter gekommen bei der Aufklärung des Überfalls auf die Geldkutsche.

„Ja, wo hoher Geist tut walten, können Räuber sich nicht halten“, gratulierte Perkeo sich schon, noch bevor er wusste, um was es ging. Und als Carl Philipp wieder ansetzte mit seiner Ermahnung: „Er sollte bedenken, dass …“, unterbrach ihn der Hofnarr mit dem Geständnis: „Früher habe ich, wenn ich kleiner Mann einen Raum voll groß gewachsener Menschen betrat, mich ängstlich gefragt, ob ich den Leuten wohl gefalle. Heute dagegen frage ich mich in so einer Situation, ob die Leute in dem Raum mir gefallen.“

„Und wenn Er zu mir in diesen Empfangsraum tritt“, wollte der Pfalzgraf wissen, „was fragt Er sich dann?“

„Dann frage ich mich“, antwortete Perkeo ohne Zögern: „Warum bin nicht ich der Fürst und du, Fürst, bist mein Hofnarr?“

„Eine gute Frage“, meinte der Pfalzgraf, nachdenklich geworden, „und wie lautet Seine Antwort?“

„So ein Ämtertausch wäre unmöglich. Weil du, Pfalzgraf und Kurfürst bei Rhein, der Aufgabe eines Hofnarren nicht gewachsen wärest.“

„Oho, meint Er das im Ernst?“

„Bei mir ist doch jeder Spaß ernst gemeint, Pfalzgraf. Du kannst herrschen, ja, aber du kannst nur das. Denn du kannst dich nicht wie einer deiner Untertanen fühlen, was du als Hofnarr aber können müsstest."

„Ach, ist es denn so ein schlimmes Gefühl, mein Untertan zu sein?"

„Das ist", antwortete Perkeo mit gequältem Gesichtsausdruck, „nur mit sehr viel Wein gerade noch zu ertragen."

Damit war das Stichwort gefallen. Die beiden sahen sich lachend an, und der Pfalzgraf ließ Wein und Gläser bringen. Jetzt konnte der lustige Teil des Tages beginnen. Immerhin galt es ja einen Erfolg zu feiern.

„Seine Idee mit den Nummern der Bancozettel hat uns einen der Täter in die Hände gespielt", begann der Pfalzgraf mit der Schilderung der letzten Ereignisse. „Ausgerechnet der renommierte Rechtswissenschaftler Professor von Stegwitz, eine der Stützen unserer Universität, ist mit einem Packen Bancozettel mit den von uns gesuchten Nummern nach Köln gefahren. Natürlich wieder vierspännig. Zu der Bank, die diese Zahlungsmittel in den Umlauf gebracht hat. Er hat die Papiere dort in Münzen umgetauscht. Der Direktor der Bank hat aber sofort erkannt, dass es sich um bei dem Kutschenüberfall geraubte Bancozettel handelt und hat mir einen reitenden Boten mit dieser Nachricht geschickt. So konnte ich gestern Abend den heimkehrenden Professor vor seinem Haus festnehmen lassen. Die Münzen sind in Sicherheit gebracht, der Professor sitzt im Gefängnis."

„Na, großartig. Wie ich gesagt habe: Herrschen kannst du, Pfalzgraf."

„Ich muss mich korrigieren", ergänzte Carl Philipp. „Wenn ich sagte, der Professor sitzt im Gefängnis, dann ist das nicht ganz korrekt. Im Moment wird er vermutlich schon einem strengen Verhör unterzogen, und zwar durch den Obergerichtspräsidenten von Fannwitz persönlich."

„Das ist es, Pfalzgraf, was ich meinte: Dir fehlt das Gefühl für Deine Untertanen. Deshalb weißt du nicht, was Freundschaft ist. Die Freundschaft aber ist stärker als jedes Pflichtgefühl, auch stärker als Rechtsbewusstsein und Loyalität zum Landesvater."

„Was redet Er mir daher von Freundschaft?"

„Der inhaftierte Professor von Stegwitz und Dein oberster Richter von Pannwitz sind alte Freunde, und das schon seit ihrer Studienzeit. Deshalb kannst du davon ausgehen, dass dem Missetäter nichts passieren wird und dass er dir schon morgen wieder vierspännig in Heidelberg begegnen kann."

„Das ist doch – aber woher weiß Er denn, dass die beiden alte Freunde sind?"

„Das weiß ich von der alten Gräfin von Schwertheim. Man muss halt auch mal in fremden Betten schlafen, wenn man was erfahren will."

„Was? Ist Er etwa mit der alten Gräfin ins Bett gegangen, um den Kutschenüberfall aufzuklären? Die Gräfin ist doch schon jenseits der …"

„Ganz so direkt ist meine Arbeitsweise als dein Aufklärer nun doch nicht, Pfalzgraf. Du solltest doch wissen, ich neige beim Arbeiten nicht zu Übertreibungen."

38.

Pfalzgraf Carl Philipp handelte schnell. Ein Bote wurde gleich nach diesem Gespräch mit dem Lustigen Rat zu dem Gericht geschickt, mit der versiegelten Anweisung des Landesherrn an den Obergerichtspräsidenten von Pannwitz, die Vernehmung des Delinquenten Professor von Stegwitz sofort abzubrechen und den Professor gefesselt und von zwei Männern bewacht zum Schloss bringen zu lassen. Er solle dort am Soldatenbau neben der Brunnenhalle abgeliefert werden, in dessen Arrestzelle er komme.

Das war ein so überraschend spontanes Handeln, dass Perkeo sich nicht zurückhalten konnte mit einem Lob: „Gut gemacht."

Ein Lob aus dem Mund des Hofnarren für den Schlossherrn war aber etwas äußerst Seltenes, noch seltener als ein Lob in der umgekehrten Richtung. Das Erstaunen des Pfalzgrafen war deshalb nur zu verständlich. Gleich danach aber sollte auch der Hofnarr Anlass zum Staunen haben. Denn Carl Philipp sagte: „Hiermit übertrage ich die Aufgabe der Vernehmung des Gefangenen von Stegwitz auf meinen so klugen wie lustigen Rat."

Damit war das Schicksal des Professors von Stegwitz besiegelt. Verband den Hofnarren mit dem Gefangenen doch keine Freundschaft, auch keine Kollegialität, keine Ranggleichheit oder Konkurrenz, einfach nichts, außer, dass sie beide den roten Gänsfüßer liebten. Aber das war zu wenig, um Perkeo für die Vernehmung besonders gnädig zu stimmen.

Diese Vernehmung begann schon am nächsten Vormittag, und zwar in dem scheußlich kahlen Besucherraum des Soldatenbaus. Mit dabei waren zwei vermummte junge Wächter, die ihre Gesichter nicht sehen ließen. Der Hofnarr hatte sie persönlich ausgewählt. Der eine war lang und dünn und trug schweinslederne Stiefel, der andere war ein kleiner, rundlicher Mann in hirschledernen Stiefeln. Sie waren vorher von Perkeo instruiert worden, wie sie sich zu verhalten hätten. Sie sollten unbewaffnet sein, nur einer von ihnen sollte ein großes Jagdmesser mit Horngriff im Gürtel stecken haben. Dieses Messer hatte Perkeo aus dem Fundus des Schlosses geholt und dem Mann gegeben. Ein Protokollführer hatte hinter Perkeo an einem Tischchen zu sitzen und mitzuschreiben.

Der Beginn des Verhörs war wie ein Austausch von klatschenden Ohrfeigen. Weil der Gefangene beim Anblick des Hofnarren, der in seinem Staatsrock mit Schärpe, Großkreuz und Kammerherrenschlüssel sowie feuerroter Perücke auftrat, in Gelächter ausbrach und brüllte: „Von diesem Zwerg, dieser Karikatur eines Menschen lasse ich mich nicht vernehmen. Ich bin von altem Adel, Professor der Rechtswissenschaft und Doktor beider Rechte und kann deshalb ein normales Verfahren vor ausgebildeten Juristen verlangen."

„Wer geraubtes Geld besitzt", widersprach Perkeo in aller Ruhe, „der verrät sich damit als Räuber. Und Räuber haben nichts zu verlangen. Denn Räuber sind ein übles Gesindel. Deshalb spielen auch Adel und Titel keine Rolle. Da hilft nur noch ein Geständnis."

„Ich habe nichts geraubt, und ich verbitte mir Bezeichnungen wie Gesindel."

„So lange du mir nicht erklärst, woher du die Bancozettel hattest, die aus dem Überfall auf eine Kutsche stammten, so lange gehörst du zu dem Gesindel, das die Handelswege unsicher macht und dem deshalb das Handwerk gelegt werden muss."

„Nur keine perfide Umkehrung der Beweislast, wenn ich bitten darf", wehrte der Professor sich mit überlegener Miene. „Wenn hier einer etwas zu erklären hat, dann seid das Ihr, Hofnarr, nämlich wer Euch erlaubt hat, hier den Vernehmungsrichter zu spielen, honorige Bürger festzuhalten und sie mit dummen Fragen zu belästigen."

„Die Frage kann ich dir leicht beantworten. Unser Landesherr, der hochwohlgeborene Pfalzgraf und Kurfürst bei Rhein, Carl Philipp, hat mich beauftragt, dich zu vernehmen, weil er weiß, dass ich immer zu Späßen aufgelegt bin und damit vielen Menschen Freude mache."

„Was Ihr hier treibt, das ist aber kein Spaß. Ich verlange, sofort freigelassen zu werden."

„Na, das ist doch schon der erste Spaß. Machen wir nur so weiter. Dass du viel Geld brauchst, weil du einen aufwendigen Lebensstil führst, ist bekannt. Fest steht, du hattest die Bancozettel in Besitz, die aus dem Überfall auf die Kutsche von Thurn und Taxis stammten. Der Kutscher und der mitfahrende Bewacher sind auf ein und dieselbe Weise überwältigt worden, nämlich durch einen Schlag mit einem Kantholz über den Kopf. Für dich als großen starken Mann war es keine Schwierigkeit, diese beiden Schläge nacheinander auszuführen."

„Das ist einfach lächerlich. Ich bin doch kein Schläger."

„Solange du mir keinen anderen nennst, der die Schläge ausgeführt und die Bancozettel geraubt hat, spricht alles dafür, dass du dich auf diese Weise in den Besitz der Bancozettel gebracht und damit schuldig gemacht hast. Deshalb bleibt dir zur Verbesserung deiner Situation nur, jetzt ein Geständnis abzulegen."

„Ich habe mit dem Überfall auf eine Kutsche absolut nichts zu tun. Den müssen andere Leute ausgeführt haben."

„Andere Leute, sagst du. Wie kommst du darauf, dass mehr als nur einer den Überfall ausgeführt habe?"

„Schon um die Truhe wegzutragen, braucht man mehr als zwei Arme."

„Du weißt ja gut Bescheid. Dann solltest du mir auch sagen können, wer die beiden Männer waren, die die Kutsche überfallen und die Truhe weggetragen haben."

„Das kann ich Euch nicht sagen. Ich war doch nicht dabei."

„Nun gut, dann überlege dir in deiner Zelle bis morgen, ob du mir die Namen der Täter sagen willst oder ob du es vorziehst, als der Täter verurteilt zu werden und die nächsten Jahre in der Zelle zu verbringen. Die Vernehmung ist vorläufig beendet. Sie wird morgen um die gleiche Zeit weitergeführt", entschied der Hofnarr mit dem ihm zwar schwerfallenden, aber doch der Situation angemessenen Ernst, wobei er sich von dem lautstarken Protest des Professors nicht irritieren ließ.

39.

Das war ein Auftritt, der dem Hofnarren weniger Spaß gemacht hatte, als man annehmen könnte. Viel zu viel falsche Überlegenheit und dieses ganze offizielle Gehabe, ärgerte er sich. Einen Menschen so in die Enge treiben zu dürfen und dabei ernst zu bleiben statt eine lustige Geschichte daraus zu machen, das ist nichts für mich. So ein Verhör anstellen, einen Missetäter überführen, einen Menschen zusammenbrechen sehen und ihn dann dem Richter ausliefern, nein, dafür soll der Pfalzgraf sich einen anderen suchen. Das werde ich ihm sagen. Dafür bin ich nicht der richtige Mann. Weil mir das nicht gefällt.

„Wo ist denn da der Witz, werde ich ihn fragen. Ich bin dein Lustiger Rat und kein Unrat, schon gar nicht für Unrat zuständig."

Perkeo sah nicht nach rechts und nicht nach links, als er zur Stadt hinunter eilte. Er war in einer so miesen Stimmung, dass er unbedingt unter Menschen kommen musste, um Ablenkung von sich selbst und der ihm auferlegten Rolle als Verbrechensaufklärer zu finden. So kam er in die Schänke „Schnookeloch" nahe der alten Brücke über den Neckar. Er setzte sich in eine Ecke abseits anderer Gäste, um erst einmal zuzuschauen und zuzuhören, wie andere Menschen es schaffen, sich einen angenehmen Abend zu bereiten. Die anderen, das waren offensichtlich Bäuerlein und Handwerker, dazu ein paar Reisende und einige Studenten. Der Wirt, der ihn kannte, brachte ihm sofort einen Pokal vom besten Pfälzer Riesling und sagte ein freundliches „Wohl bekomm's, verehrter Lustiger Rat." Perkeo ließ ihn mit einem nur leise gegrummelten „Danke" gehen.

Im nächsten Moment kam einer der Wachsoldaten des Pfalzgrafen herein. Ein riesengroßer, schwerer Kerl, der den Hofnarren mit einem fröhlichen Hallo begrüßte. Dabei schlug er Perkeo so freundschaftlich derb auf die Schulter, dass der noch kleiner wurde und halb unter den Tisch rutschte. Dann ergriff er Perkeos Weinpokal und trank ihn mit einem lauten „Auf Euer Wohl!" in einem Zug leer.

Perkeo krabbelte nur mühsam wieder auf seinen Stuhl hoch. Dann stimmte er ein so jämmerliches Geheule an, dass die anderen Gäste des Lokals sich um ihn und den Wachsoldaten scharten und Augen, Mund und Ohren aufsperrten, um mitzukriegen, was da Schlimmes geschah.

„Dass mir so was passieren muss, ich armer Kerl", jaulte Perkeo in Mitleid erzeugenden Tönen. „Ich tu mir leid. Jetzt geht nichts mehr, überhaupt nichts mehr. Was wird jetzt aus mir?"

„Aber nun regt Euch doch nicht so auf über ein Glas Wein, Lustiger Rat“, tat der Soldat ihn ab. „Es geht Euch als Hofmann doch so gut, dass Ihr Euch einen neuen Wein bestellen könnt, ohne in Not zu kommen.“

„Hast du eine Ahnung“, jammerte der Hofnarr da erst richtig los. „Heute früh hat mir meine schöne Comtesse Dorothee den Laufpass gegeben. Aus, weg, Ende. Und heute Mittag ist meine Kammer im Schloss aufgebrochen und mir all mein Geld gestohlen worden. Dann hat der Pfalzgraf mich rausgeworfen und mir gesagt, er will mich nicht mehr sehen. Nie mehr. Nur weil ich ihm einen guten Rat gegeben habe, einen wirklich guten Rat. Meine Liebe verloren, mein Geld verloren, meine Stellung verloren. Deshalb wollte ich nicht mehr leben. Ich wollte Schluss machen mit dem Herumirren in diesem Jammertal. Aufhängen wollte ich mich, ja. Doch das Seil riss. Da bin ich hierher in die Schänke gelaufen und habe mir für meine allerletzte Münze einen Pokal Wein kommen lassen und gerade das Gift hineingegossen, das ich immer bei mir trage für den Fall der Fälle und das mich jetzt aus diesem grässlichen Leben wegtragen soll, da kommst du Grobian und säufst es mir weg.“

Da wurde der Soldat blass, und er steckte sich den Finger in den Hals und krümmte sich und drückte auf seinen Bauch und spuckte alles in die Ecke, was er an dem Tag gegessen und getrunken hatte. Spuckte und spuckte unter wildem Stöhnen und Fluchen. Und unter den anfeuernden Rufen der Zuschauer.

Was den Hofnarren überhaupt nicht beeindruckte. Der stand auf – sofort war Ruhe –, und wandte sich an den um sein Leben kämpfenden Soldaten: „Ja, du Prachtsoldat, willst du denn überhaupt nicht erfahren, was das für ein guter Rat war, den ich dem Pfalzgrafen gegeben habe und für den er mich rausgeworfen hat?“

Darauf bekam er aber keine Antwort, musste sich nur das laute Stöhnen des würgenden Soldaten anhören.

„Nur würgen kannst du, sonst nichts. Na ja, ich verrate es dir trotzdem. Vielleicht auch für dich einmal nützlich, falls du den heutigen Tag überleben solltest. Ich hatte den Pfalzgrafen gefragt, ob das stimmt, was ich gehört habe, nämlich dass er sich immer von oben bis unten mit Wasser abwäscht, bevor er sich zu einer Frau ins Bett legt. Weiß doch jeder, wie gefährlich Wasser für die Gesundheit ist. Und was meinst du, was der Pfalzgraf geantwortet hat? – Pah, nichts meinst du, nur kotzen kannst du.

Doch hör zu: Der Pfalzgraf hat geantwortet: ‚Ja, stimmt, das mit der Frau, das mache ich zwar nicht oft, aber davor wasche ich mich immer ganz ab.' Da habe ich gesagt: ‚Weil ich ja die Ehre und verdammte Pflicht habe, immer dicht an deiner Seite zu sitzen, Pfalzgraf, so Schulter an Schulter, auch beim Essen und Trinken, kann ich dir nur raten, recht bald mal wieder mit einer Frau zu schlafen.'"

In dem Moment herrschte eine so schreckerfüllte Stille im „Schnookeloch", dass Perkeo glaubte, er würde platzen vor Vergnügen. Da ließ er lieber schnell raus, was ihn bedrängte, und lachte wiehernd los und hielt sich den wackelnden Bauch mit beiden Händen. Und die Umstehenden lachten befreit mit. Das war plötzlich ein solches Getöse, dass es den Wirt herbeieilen ließ.

„Bring neuen Wein und Brot und Wurst", rief Perkeo ihm zu. „Ich habe Durst und Hunger. Und lass hier in der Ecke sauber machen. Bring auch dem armen Soldaten hier was, der glaubt, er hätte Gift getrunken. Hat er aber nicht. Bring ihm was zu essen und zu trinken. Und auf meine Kosten Wein für alle in deiner Kaschemme!"

So wurde aus dem Besuch im „Schnookeloch" doch noch ein fröhlicher Abend. Und der Riese von einem Wachsoldaten brachte hinterher den Hofnarren auf seinen starken Armen den Berg hinauf zum Schloss und sogar in seine Kammer im dritten Obergeschoss des Friedrichsbaus.

40.

Die Fortsetzung der Vernehmung des Professors von Stegwitz, der wieder von den beiden vermummten Wächtern hereingeführt wurde, begann mit einer Überraschung. Der Gefangene erklärte gleich zu Beginn, er habe in der schrecklichen Kerkernacht, in der er kein Auge voll Schlaf bekommen habe, lange über die Vorwürfe gegen ihn nachgedacht. Natürlich habe er nicht die Kutsche überfallen, mit der das Geld nach Heidelberg gebracht werden sollte. Das müssten andere Leute gewesen sein. Doch dazu könne er nichts sagen, weil er bei dem Überfall ja nicht dabei war. Zu dem Zeitpunkt sei er daheim bei seiner Frau gewesen. Die solle man befragen, denn die könne bestätigen, dass er an dem Abend und in der Nacht bei ihr war.

„Deine Frau werden wir ganz sicher befragen“ sagte der Hofnarr dazu. „Aber die eigentliche Frage ist: Woher hattest du die Bancozettel, die aus diesem Überfall stammten?“

Das sei es ja, was ihm in der Nacht wieder eingefallen sei, nämlich woher die Bancozettel kamen, antwortete der Professor schnell. Diese Papiere habe er bei einem Geschäftsabschluss mit fremden Leuten erhalten.

„Was hast du denn für diesen hohen Geldbetrag verkauft?“

„Ja, was? Zu dumm, das weiß ich jetzt nicht mehr. Ist ja schon so viele Tage her.“

„Mach mir nichts vor. Du musst schon noch wissen, was du verkauft hast.“

„Ach ja, das war mein Lehrbuch der Jurisprudenz, die erste Auflage.“

„Ein Buch für so viel Geld?“

„Ja, nicht einfach ein Buch. Ich habe mein Original-Manuskript verkauft. Ich will hier nicht renommieren, aber für Sammler von Büchern hat das einen enorm hohen Wert.“

„Und die Namen der Büchersammler sind?“

„Tut mir leid, aber die Namen sind mir völlig entfallen.“

„Doch wie viele Käufer das waren, das kannst du mir wohl sagen, oder?“

„Bedaure. Aber das weiß ich auch nicht mehr."

„Nun", bei diesem Wort erhob Perkeo sich von seinem Sitz, um anzudeuten, dass die Sitzung beendet ist, „dann wird es nötig sein, dass du mehr Zeit bekommst, darüber nachzudenken, wer deine Geschäftspartner waren und wie sie hießen. Dann fällt dir wahrscheinlich auch ein, dass du nicht dein Lehrbuch der Juristerei verkauft hast, denn gerade das wirst du selbst noch dringend brauchen. Wir setzen diese Besprechung heute in einer Woche fort, Beginn um dieselbe Uhrzeit wie heute." Und zu den beiden Wachsoldaten gewandt: „Bitte abführen."

„Nein, nein", jammerte der Professor los. „Nicht wieder in dieses schmutzige, stinkende Loch. Ich bin doch bereit, weiter auszusagen. Mir fällt gerade ein: Das waren zwei junge Männer, die mir diese Bancozettel gegeben haben."

„Aha. Und wofür haben die beiden dir das viele Geld gegeben?", fragte der Hofnarr, während er wieder Platz nahm.

„Ja, wofür? – Eigentlich nur dafür, dass ich sie nicht verraten sollte. Die hatten etwas angestellt, was wohl nicht so ganz in Ordnung war. Deshalb."

„Und woher wusstest du davon?"

„Nun, das war so. Ich war am frühen Abend bei dem Hofmedikus gewesen. Ich hatte so komische Leibschmerzen. Und der ist ja ein renommierter Fachmann gerade bei allem, was den Magen und den Darmtrakt angeht, und wenn man nicht …"

„Zur Sache, bitte!"

„Also, das ist jetzt auch schon einige Wochen her. Deshalb weiß ich so genau nicht mehr, was war. Zudem war es ja ziemlich dunkel. Jedenfalls, ich ging nach der Untersuchung dann den Treppensteig vom Schloss zur Stadt hinunter. Und da sah ich, unten, am Fuße des dicken Turms, wo noch die Brocken von der Sprengung durch die Franzosen liegen, diese mahnenden Relikte des schrecklichen Jahres 1693, als die Franzosen die Stadt und die Türme des Schlosses mit …"

„Komm zur Sache!"

„Ja, da sah ich also im Halbdunkel, wie zwei Männer mit einem dritten Mann beschäftigt waren."

„Was machten die zwei Männer mit dem dritten Mann?"

„Das weiß ich leider nicht. Tut mir wirklich leid. So gern ich der Wahrheit ans Licht helfen möchte. Aber es war wie gesagt schon ziemlich dunkel. Und ich sehe überhaupt nicht gern unschöne Sachen. Da setzt dann meine Erinnerung einfach aus."

„Bei unschönen Sachen setzt bei dir die Erinnerung aus?"

„Ja, plötzlich einfach weg. Dann stehe ich auf einmal da, einfach leer im Kopf. Was mir natürlich furchtbar peinlich ist. Jedenfalls weiß ich dann nicht mehr weiter."

„Nun ja, ich weiß, so was gibt es", sagte der Hofnarr. „In solchen Fällen hilft man sich mit einem Spielchen. Man stellt die Szene, die im Gedächtnis verloren gegangen ist, mit anderen Personen nach und spielt die Handlung durch. Und genau das machen wir jetzt. Du, Professor, stehst dort auf dem Podium, weil du gerade von oben den Treppensteig vom Schloss herunter kommst. Du stehst nur da und guckst. Die beiden Wachleute hier, das sind die beiden jungen Männer, die zwischen den Brocken von dem gesprengten Turm mit dem dritten jungen Mann beschäftigt sind. Diesen dritten jungen Mann spiele ich."

Perkeo ließ die Vorhänge vor die beiden Fenster des Besucherraumes ziehen, der als Vernehmungsraum diente, sodass sie in einem Halbdunkel standen. Auch der hinter ihm an einem Tischchen sitzende Protokollant musste nun mit sehr wenig Licht auskommen. Dann gab Perkeo den Befehl: „Jetzt geht's los!"

Prompt packten die beiden Wächter sich auf grobe Weise den Hofnarren. Und während der eine ihm ein Tuch so fest vor den Mund drückte, dass er keinen Ton von sich geben konnte, griff der andere nach dem Jagdmesser, das er im Gürtel stecken hatte. Er holte weit aus und rammte dann das Messer dem Hofnarren mit voller Kraft und bis zum Griff in die Brust.

„Nein!", schrie der Professor auf. „Beutelar, Coeller, seid Ihr wahnsinnig."

Dabei sprang er herzu, um den Hofnarren aus der Umklammerung durch die beiden Wächter zu befreien. Doch Perkeo nahm in aller Ruhe die den Griff des Messers haltende Hand des Wächters hoch, den Daumen auf der eingefahrenen Klingenspitze des Messers, das sich als Theatermesser entpuppte.

„Das Spiel ist aus!“, rief er. „Zieht die Vorhänge wieder zurück! – Dir, Professor, danke ich für die gute Absicht, mich aus den Händen der Mörder zu befreien. Den beiden Wachsoldaten danke ich für die aktive Mitarbeit bei der Aufklärung einer ganzen Reihe von Straftaten. Denn jetzt ist klar: Der Professor hat keine Kutsche überfallen. Aber er hat zwei Mörder gedeckt und dafür ein hohes Schweigegeld kassiert. Das Geld ist schon beschlagnahmt. Und der Professor hat die beiden Mörder genannt. Jetzt sollte er mir auch noch sagen, warum die beiden Kandidaten zu Mördern geworden sind.“

„Der Getötete, Amelius Arendson, hatte mich daheim aufgesucht und mir gesagt, dass er wisse, dass die beiden anderen Kandidaten mir Geld gegeben haben für das Bestehen des Examens. Er selbst habe aber kein Geld, das er dafür geben könne. Und er hat mir gedroht, das aufzudecken, wenn er nicht ebenso wie die beiden anderen das Examen bestehe. Diese Drohung konnte ich nicht hinnehmen. Deshalb habe ich Arendson gesagt, ich werde sie alle drei durchfallen lassen. Das wollten die beiden anderen offenbar durch die Ermordung ihres Freundes verhindern.“

„Und weil du, Professor, das gesehen hast, mussten die beiden Kandidaten dir den Packen Bancozettel als Schweigegeld geben.“

„Ja.“

„Um ein so hohes Schweigegeld an Euch zahlen zu können, mussten die beiden Kandidaten die Kutsche mit der Schatztruhe überfallen.“

„Ja.“

„Und die beiden Beutel mit Münzen, mit denen Ihr in Oberlustadt Wein gekauft habt, waren das Bestechungsgeld der beiden Kandidaten, mit denen sie sich das Examen erkauft haben.“

„Ja."

„Ich stelle fest: Der Delinquent Professor von Stegwitz hat ein umfassendes Geständnis abgelegt. Er hat das Protokoll, dass der Protokollant geschrieben hat, jetzt zu lesen und zu unterschreiben. Danach ist er freizulassen, da keine Gefahr besteht, dass er weitere Straftaten begeht. Er darf aber die Stadt Heidelberg bis zu seiner Verurteilung nicht verlassen. Die beiden Mörder Carolus von Beutelar und Albertus Ferdinandus Coeller, sind sofort festzunehmen und wegen Mordes sowie Bestechung anzuklagen, zudem auch wegen des Kutschenüberfalls, der dazu diente, das von dem Professor, der Augenzeuge ihrer Mordtat war, verlangte hohe Schweigegeld aufzubringen. Die Sitzung ist beendet."

41.

Wenn Perkeo geglaubt hatte, er werde vom Pfalzgrafen die schönsten Lobesworte für die erfolgreiche Vernehmung des Professors zu hören bekommen, und natürlich hatte er das geglaubt, so wurde er maßlos enttäuscht, als er sich am Nachmittag zum Bericht in den Arbeitsraum des Schlossherrn begab. Ein wutschnaubender Pfalzgraf, der in seinem Zimmer mit rotem Kopf wild hin und her stapfte, empfing ihn mit lautem Gebrüll: „Das war jetzt die zweite Freilassung eines Gefangenen aus angemaßter Machtvollkommenheit. Erst die Aurelia von Knappersbusch, jetzt der Professor von Stegwitz. Er hat die beiden von mir aus gutem Grund festgesetzten Delinquenten einfach freigelassen. Diese Dreistigkeit kann ich nicht weiter dulden. Der nächste Gefangene, den er zu befreien versuchen mag, wird er selbst sein."

Danach klatschte er in die Hände und schrie mit äußerster Anstrengung: „Wache!"

Damit hatte Carl Philipp seine Stimme offenbar überfordert, denn er erlitt einen heftigen Hustenanfall. Der Hofnarr nahm die Gelegenheit wahr, als zwei Wachsoldaten hereinstürmten, ihnen zu sagen, was sie zu tun hätten: „Bringt schleunigst Wein und zwei Gläser, – eh, natürlich den Pfälzer Riesling.“ Danach reichte er dem Pfalzgrafen freundschaftlich sein Brusttuch und klopfte dem Hustenden auf den Rücken, um ihm zu helfen, wieder Luft zu kriegen. Dazu musste er sich ganz schön hochrecken.

Alles vergeht, mit einigen kräftigen Schlucken Wein auch ein Hustenanfall. Und mit dem Husten war die Wut vergangen. Die beiden wichtigsten Männer des Schlosses und darüber hinaus, sie sahen sich für einen stummen Moment in die Augen und setzten sich dann zusammen wie immer, um über das weitere Vorgehen zu beraten. Dabei ließ der Pfalzgraf sich schnell davon überzeugen, dass es richtig und unvermeidlich war, nach der offensichtlich unschuldigen Aurelia auch den Professor freizulassen. Das Gericht würde ihm seine Strafe zuerkennen, bis dahin könnte er sich frei fühlen. Und der Hofnarr nahm mit Genugtuung zur Kenntnis, dass der Pfalzgraf inzwischen die Festnahme der beiden des Mordes Verdächtigten, Coeller und von Beutelar, angeordnet hatte.

„Ein voller Erfolg für das Rechtswesen“, stellte Carl Philipp schließlich fest, „aber für mich ein herber Verlust. Nicht nur, dass ein angesehener Professor unserer Universität wegfällt, weil er für Jahre eingesperrt wird und seines Amtes verlustig geht. Ich habe auch zwei zu großen Hoffnungen berechtigende junge Juristen verloren, weil sie wohl lebenslänglich eingesperrt bleiben, wenn sie nicht der Todesstrafe anheimfallen. Das sind herbe Verluste für mein Land.“

„Irrtum, Pfalzgraf, du hast nicht zwei zu großen Hoffnungen berechtigende junge Juristen verloren, sondern drei, denn der getötete Amelius Arendson gehört dazu. Es ist also, wie ich vorausgesagt hatte.“ Dabei streckte Perkeo wieder seinen rechten Arm aus, mit dem hochgestellten Daumen an der geschlossenen Faust. „Du erinnerst dich, Pfalzgraf, ich sagte: Das bedeutet, dass sie alle drei auf einmal scheitern.“

„Er mit Seinem dummen Narren-Einmaleins.“

„Ich kann dir, Pfalzgraf, das auch genauer vorrechnen: Wenn Zwei von Dreien sich darauf einigen, den Dritten wegfallen zu lassen, ergibt das nicht zwei, sondern Null."

„Lustiger Rat, Er ist ein Grand Filou. Eigentlich zu klug, um noch erträglich zu sein."

„Zu klug? Nein, das gibt es nicht, weil das Menschengeschlecht sich das nicht leisten kann. Sagen wir es so, Pfalzgraf: Nur wer es schafft, in Klugheit mitzuhalten, kann mich ertragen."

„Verdammt, dass Er immer das letzte Wort haben muss."

„Ja, weil das meine Aufgabe ist. Und auch aus Menschenfreundlichkeit. Wird das Leben doch nur aus dem Blickwinkel des Narren erträglich."

Ebenfalls im Morio Verlag erschienen

„Diese reale Geschichte, die Conan Doyle hier als Faktensammlung schildert, ist so spannend wie ein Sherlock Holmes-Roman."
Jo Müller, SWR3, 15. Dezember 2016

Arthur Conan Doyle
Der Fall Oscar Slater
Herausgegeben, übersetzt und mit einem Nachwort versehen von Michael Klein

176 S., geb., s/w-Abb.
ISBN 978-3-945424-27-8

Am 6. Mai 1909 wird vor dem Hohen Gericht in Edinburgh der deutsch-jüdische Einwanderer Oscar Slater zum Tode verurteilt. Er soll im Dezember 1908 bei einem Raubüberfall eine alte Dame namens Marion Gilchrist ermordet haben. Arthur Conan Doyle – der Schöpfer des berühmten Detektivs Sherlock Holmes, der in der Lage ist, aus der Summe feinster, von allen anderen übersehener Details komplexe, verblüffende, aber richtige Schlussfolgerungen zu ziehen – hat den Prozess verfolgt. Er ist erschüttert und setzt sich publizistisch vehement für den Verurteilten ein. Mit dem Scharfsinn und der Kombinationsgabe, die seinen Detektiv auszeichnen, legt Doyle dar, warum Oscar Slater nicht der Täter ist, ja nicht einmal der Täter gewesen sein kann, und welche logischen Fehler die Glasgower Polizei und die schottische Justiz begangen haben. „Der Fall Oscar Slater" schildert präzise den wahren Fall und ist zugleich Doyles faszinierendste Non-Sherlock-Holmes-Kriminalerzählung.

Walter Laufenberg, Dr. phil., Rheinländer. Seit dem Jahreswechsel 1995/96 Herausgeber des Internet-Magazins „NETzine" (www.netzine.de). Der Autor lebt seit dreißig Jahren in Heidelberg und Umgebung und hat sich mit zahlreichen Romanen und Reportagen einen Namen gemacht, u. a. mit dem Bestseller „Perkeo – der Zwerg von Heidelberg".

Umschlagabbildung: Hofnarr Clemens Perkeo um 1725, Kurpfälzisches Museum der Stadt Heidelberg

Morio Verlag, ein Imprint der mdv Mitteldeutscher Verlag GmbH
www.morio-verlag.de

Gesamtherstellung: Mitteldeutscher Verlag, Halle (Saale)

ISBN 978-3-945424-63-6

Printed in the EU